L'Ingénu

- tëmpëramant naïf, confire à la liberté
- comportement enfantin
- confiance aveugle que tout est bien

ÉTONNANTS • CLASSIQUES

VOLTAIRE

L'Ingénu

Présentation, notes, chronologie et dossier par
DOMINIQUE LANNI,
professeur de lettres

GF Flammarion

**Du même auteur
dans la même collection**

Candide
L'Ingénu
Jeannot et Colin. Le monde comme il va
Micromégas
Zadig

© Éditions Flammarion, Paris, 2004.
Édition revue, 2008.
ISBN : 978-2-0812-1441-5
ISSN : 1269-8822

SOMMAIRE

L'Ingénu

■ Dossier

PRÉSENTATION

Voltaire conteur

« M. le multiforme » : c'est ainsi que d'Alembert surnommait Voltaire, rendant compte de l'aisance de l'auteur à passer d'un genre à l'autre.

Nous sommes en 1746 et Voltaire travaille au premier conte en prose qu'il publiera, *Zadig ou la Destinée*. Cette année-là, il est élu à l'Académie française, qui le récompense pour ses pièces en vers et ses ouvrages historiques. Après s'être fait de nombreux ennemis et avoir été contraint plusieurs fois à l'exil (en Angleterre, en Lorraine, en Hollande), Voltaire, devenu un proche de Louis XV (il est historiographe du roi), un intime de Frédéric II de Prusse et le correspondant de tous les grands d'Europe, est en effet reconnu, adulé pour ses poèmes épiques – *La Henriade* –, ses ouvrages philosophiques – *Lettres anglaises* ou *Lettres philosophiques* –, ses tragédies – *Œdipe, Zaïre, Mahomet, Mérope* – et ses sommes historiques – *Histoire de Charles XII*.

Mais, à cette époque, Voltaire est également l'auteur de nombreux contes en vers et en prose, qu'il n'a pas encore publiés et qu'il nomme son « fatras », ses « brimborions », ses « rogatons », témoignant ainsi du mépris avec lequel, à l'instar de tout son siècle, il considère la fiction romanesque, loin des genres sérieux et codifiés comme le théâtre. Ce sont pourtant ces récits, où l'imagination est la « reine des facultés » et la forme totalement libre, qui font son succès aujourd'hui, alors que son théâtre et sa poésie ont « mal vieilli » : sa verve incisive, sa pensée aiguisée et son éloquence puissante s'y révèlent dans tout leur éclat, plus que dans les autres genres. Parmi les contes les plus connus et les plus lus de nos jours figurent *L'Ingénu*, ainsi que *Zadig* (publié la première fois sous le titre *Memnon*, en 1747), *Micromégas* (1752) ou encore *Candide* (1759), qui ont une valeur philoso-phique sans pareille. Mais Voltaire a écrit de nombreux autres contes s'inscrivant dans trois traditions : celle du conte libertin d'abord, à la manière des *Contes et nouvelles mis en vers* de Jean de La Fontaine – tels *Le Cocuage*, *Le Cadenas* –, celle du conte oriental ensuite, à la manière de la traduction des contes des *Mille et Une Nuits* d'Antoine Galland – tel *Le monde comme il va* –, celle des contes de fées enfin, à la manière des *Contes* de Charles Perrault et de Mme d'Aulnoy – tel *Le Crocheteur borgne*. Tous demeurent en prise directe avec l'actualité et sont autant d'apologues qui invitent le lecteur à réfléchir sur l'amitié, l'amour, les mœurs, le pouvoir, la superstition et la providence.

Genèse et publication de *L'Ingénu*

Si Voltaire commence la rédaction de *L'Ingénu* au cours de la deuxième semaine du mois de mai 1767, la conception du livre est certainement plus ancienne. Parmi les manuscrits de Voltaire, on a retrouvé l'esquisse suivante, impossible à dater précisément et que le texte définitif ne respecte qu'en partie seulement :

Histoire de l'Ingénu, élevé chez les sauvages, puis chez les Anglais, instruit dans la religion en Basse-Bretagne, tonsuré, confessé, se battant avec son confesseur, son voyage à Versailles chez frère

Le Tellier son parent. Volontaire deux campagnes [*sic*], sa force incroyable, son courage. Veut être capitaine de cavalerie, étonné du refus. Se marie, ne veut pas que le mariage soit un sacrement, trouve très bon que sa femme soit infidèle parce qu'il l'a été. Meurt en défendant son pays. Un capitaine anglais l'assiste à sa mort, avec un jésuite et un janséniste. Il les instruit en mourant.

Par ailleurs, on sait que, dès l'automne 1766, il fait plusieurs fois allusion à son futur conte dans sa correspondance.

C'est en juillet 1767 qu'est imprimé, à Genève, chez Cramer, un ouvrage sans nom d'auteur intitulé *L'Ingénu*. Le 7 août, Voltaire écrit à son imprimeur parisien Lacombe qu'«un petit ouvrage intitulé *L'Ingénu*, d'un nommé Dulaurens, auteur du *Compère Matthieu* », circule parmi les gens de lettres, et que l'auteur lui a rendu visite afin qu'il favorise sa publication en France.

Le 21 août, il écrit à son ami Damilaville : «Je sais Monsieur que vous vous amusez quelquefois de littérature. J'ai fait chercher *L'Ingénu* pour vous l'envoyer ; et j'espère que vous le recevrez incessamment ; c'est une plaisanterie assez innocente... »

L'ouvrage est imprimé à Paris, chez Lacombe, toujours sans nom d'auteur, avec une fausse adresse pour échapper à la censure, et intitulé *Le Huron ou l'Ingénu*. Le 13 septembre, Voltaire feint de s'insurger et écrit à Damilaville : «Je ne peux concevoir comment on a permis en France l'impression du livre de Dulaurens intitulé *L'Ingénu*. Cela me passe. » Comme il aime à le faire, Voltaire avance masqué.

Aux quelques proches qui lui en attribuent la paternité dans les lettres qu'ils lui adressent, Voltaire prend un malin plaisir à répondre qu'il n'en est pas l'auteur, qu'il ne l'a pas lu, ou bien qu'il l'a lu mais que l'auteur en est Dulaurens, ou un certain Bazin...

L'ouvrage connaît une remarquable fortune en un temps record : plus de trois mille exemplaires en sont vendus en l'espace de quelques jours. Les autorités religieuses font interdire la publication et la vente de l'ouvrage en France le 17 septembre. Loin de nuire à l'ouvrage, la censure attise furieusement la curiosité des lecteurs et ce ne sont pas moins de sept éditions illégales de *L'Ingénu* qui sont imprimées en l'espace de quatre mois.

Une « histoire véritable » ?

C'est ce que mentionne le sous-titre du conte. Mais cette indication ne trompe personne, pas plus que les efforts de Voltaire pour nier toute paternité de l'ouvrage...

Tout au long de son récit, Voltaire s'applique à donner un cadre spatio-temporel précis à son histoire : dès l'incipit, le lecteur sait qu'elle se déroule en 1689, qu'elle a pour cadre la France de Louis XIV. Et, de fait, les lieux évoqués sont bien réels – la Basse-Bretagne, Saumur, Versailles, Paris –, les noms propres convoqués sont ceux de personnages historiques – le père de La Chaise, Louvois, M. Alexandre, Arnault, Nicole, Rohault, Malebranche, Racine, Fénelon, Bossuet... – et il est fait allusion à de nombreux événements qui ont réellement eu lieu sous le règne de Louis XIV – la révocation de l'édit de Nantes, la multiplication des lettres de cachet, la ruine de Saumur, la persécution des jansénistes, les attaques des côtes françaises par les Anglais, les rivalités entre ces deux pays au sujet des possessions coloniales sur le continent américain... Au moment même où il écrit *L'Ingénu*, Voltaire rédige des ajouts pour son *Siècle de Louis XIV* (1752), qui est réédité : on imagine aisément que, pour donner un cadre vraisemblable à son histoire, il puise dans cette somme.

Mais Voltaire ne donne pas à lire un texte purement historique, comme le montre l'ouverture du texte, très fantaisiste… Les approximations sont par ailleurs nombreuses et certains anachronismes sont perceptibles (ainsi, Bolingbroke est né en 1678 et n'a que onze ans en 1689, la *Télémachomanie* de Faydit date de 1700[1], etc.).

Un conte philosophique

Dès lors, pourquoi Voltaire mêle-t-il ouvertement des éléments authentiques et des éléments de pure fiction ? Pourquoi ancre-t-il son récit dans ce contexte historique précis, la France de Louis XIV ?

Il s'agit de divertir le lecteur tout en lui permettant d'exercer son esprit critique sur des questions aussi polémiques que celle de la révocation de l'édit de Nantes.

Mais c'est aussi un moyen pour tenter d'échapper à la censure en donnant à voir les dysfonctionnements des institutions, les crimes et abus dont se rendent coupables les gouvernants à travers les yeux d'un étranger, le Huron, figure emblématique du « bon sauvage » (à l'inverse de l'Iroquois, le sauvage cruel et anthropophage[2]), dont le mythe s'épanouit au XVIIIe siècle[3]. En

---

1. Voir p. 33 et p. 80.
2. Voir notes 2, p. 29, et 2, p. 31.
3. Le « mythe du bon sauvage », qui se développe au XVIIIe siècle, s'est forgé dès le XVIe siècle, avec les chapitres « Des coches » et « Des cannibales » dans les *Essais* …/…

mettant en évidence les travers de la France de Louis XIV, Voltaire dénonce aussi ceux de la France de Louis XV, puisqu'il existe une évidente continuité entre les deux règnes. Sous Louis XIV, les jésuites sont puissants et les jansénistes[1], minoritaires et dissidents ; les premiers encouragent le roi à réduire puis interdire l'exercice du culte protestant, à légitimer la répression, ils infiltrent le pouvoir, s'imposent comme directeurs de conscience et confesseurs, espionnent, dénoncent, condamnent ; sous Louis XV, les jésuites sont chassés de toutes les monarchies européennes, tandis que les jansénistes s'emparent des postes-clés dans les administrations et au Parlement. Sous Louis XIV règnent la corruption, les trafics d'influence, les lettres de cachet, et les arrestations arbitraires se multiplient ; sous Louis XV, sous l'impulsion du fanatisme religieux, la justice est expéditive et partiale, comme viennent le rappeler les affaires Calas, Sirven et La Barre[2].

Ainsi, comme *Zadig*, *Micromégas* ou *Candide*, *L'Ingénu*, en proposant au lecteur un récit divertissant tout en l'incitant à adopter une réflexion critique sur les dysfonctionnements de la

---

.../... de Montaigne. Au XVIIIe siècle, il fait l'objet d'une polémique entre Voltaire et Rousseau, le second considérant que l'homme dans l'état de nature est bon et que c'est la société qui le pervertit (*Discours sur l'origine et les fondements de l'inégalité parmi les hommes*, 1755), le premier pensant que la civilisation est indispensable au progrès et au bonheur humains.

1. Les *jansénistes* tiennent leur nom de Jansénius, théologien hollandais (1585-1638) qui s'inspire de la doctrine sur la grâce de saint Augustin (voir note 3, p. 30) : les élus (exclusivement), auxquels est promis le paradis, y sont prédestinés par Dieu ; l'homme, individu misérable marqué par le péché originel, est incapable de se sauver lui-même. Les *jésuites*, eux, sont les membres de la Compagnie de Jésus fondée en 1540 par Ignace de Loyola, théologien espagnol (1491 ?-1556), et considèrent que Dieu accorde à tous les hommes le salut s'ils le méritent par leurs actions. Cette opposition théologique des jansénistes et des jésuites a des prolongements moraux (morale stricte pour les premiers, laxisme des seconds) et politiques (volonté d'indépendance française des premiers contre soumission totale au pape prônée par les seconds).

2. Voir chronologie, p. 17.

civilisation occidentale, s'offre-t-il comme un conte philosophique. De ce genre, il adopte les formules sentencieuses : « La raison fait toujours rentrer les hommes en eux-mêmes pour quelques moments » (p. 33) ; « La lecture agrandit l'âme » (p. 76) ; « Bien des gens [...] ne méritent pas leurs places » (p. 82) ; « Il faut convenir que Dieu n'a créé les femmes que pour apprivoiser les hommes » (p. 88)... Mais *L'Ingénu* n'est pas seulement un conte philosophique : Voltaire compose un texte à la croisée des genres, mêlant des esthétiques variées – roman de formation, roman sensible, pamphlet contre les différents systèmes religieux, notamment.

À la croisée des genres

Un roman de formation

Parce qu'il retrace les expériences qui permettent au héros de s'instruire et d'accéder à une certaine sagesse, *L'Ingénu* s'apparente à un roman de formation, que l'on nomme aussi roman d'éducation ou d'apprentissage, comme *Les Aventures de Télémaque* (1699) de Fénelon, *Les Voyages de Cyrus* (1727) de Ramsay et le *Sethos* de l'abbé Terrasson (1731).

Né au Canada mais de parents bretons, dénué de préjugés, l'Ingénu est ignorant des usages du pays lorsqu'il fait halte en Basse-Bretagne. Dès son arrivée, il se familiarise avec les mœurs et pratiques des membres de la petite communauté qui l'accueille. L'Ingénu est rapidement entouré de personnages qui jouent tous auprès de lui le rôle de pédagogues. Si l'abbé de Kerkabon se charge de son instruction religieuse, c'est Mlle de Saint-Yves qui se soucie de faire son éducation sentimentale.

Une fois baptisé, l'Ingénu désire épouser sa marraine, Mlle de Saint-Yves. À l'issue d'un combat héroïque où il repousse les Anglais, il gagne Versailles pour recevoir la juste récompense de son héroïsme et obtenir la main de sa bien-aimée. Victime d'une double dénonciation, il est arrêté et emprisonné à la Bastille. Cette incarcération clôt la première partie du récit. Grâce au janséniste Gordon, captif comme lui, l'Ingénu découvre la géométrie, l'histoire, la philosophie, la théologie, l'astronomie, le théâtre ; il développe son esprit critique. Mais, par-delà chacun de ces enseignements, chacune des expériences de l'Ingénu est formatrice : qu'il s'agisse de son combat contre les Anglais, du souper avec les huguenots, des circonstances de son emprisonnement avec Gordon, ou de l'épreuve de la mort de Mlle de Saint-Yves...

Un roman sentimental

Par bien des aspects, le conte de Voltaire ressemble aussi à un « roman sensible » ou sentimental. Voltaire accorde en effet une importance particulière à la peinture des sentiments qu'éprouvent ses personnages, qu'il s'agisse de l'Ingénu, de Mlle de Saint-Yves ou de Gordon. On peut y voir l'influence des romans de l'abbé Prévost (*Manon Lescaut*, 1731), de l'Anglais Richardson (*Pamela*, 1740, et *Clarisse Harlowe*, 1748) ou de Jean-Jacques Rousseau (*Julie ou la Nouvelle Héloïse*, 1761). Fréquemment, dans les romans sentimentaux, l'héroïne, nécessairement vertueuse, meurt victime d'un malheureux concours de circonstances ou de la fatalité. Dans *L'Ingénu*, Mlle de Saint-Yves n'échappe pas à cette fin tragique. De l'arrestation de l'Ingénu à la mort de la jeune femme, l'émotion est croissante, le récit enchaînant les épisodes pathétiques – les audiences avec le père Tout-à-tous et M. de Saint-Pouange, les retrouvailles avec l'Ingénu, la libération de Gordon, les récits de la maladie puis de la mort de Mlle de Saint-Yves. L'auteur suscite la compassion du lecteur. Salie par l'opprobre qu'elle a subi, Mlle de Saint-Yves demeure vertueuse, tandis que, mesurant toute l'horreur de sa conduite à l'égard de la jeune femme, Saint-Pouange entreprend de se racheter et de se détourner du vice pour embrasser la vertu. Avec la mort de Mlle de Saint-Yves et la conversion de Saint-Pouange, le dénouement de *L'Ingénu* s'inscrit pleinement dans la tradition du roman sentimental de registre pathétique.

Un pamphlet contre les différents systèmes religieux

La satire religieuse est particulièrement virulente dans *L'Ingénu*. Rappelons que Voltaire n'est pas athée mais déiste (il croit en un Dieu unique, celui de tous les hommes, et la religion qu'il appelle de ses vœux est une religion sans dogmes – ni péché, ni incarnation, ni révélation, ni rédemption – mais fondée sur une morale universelle). Il dénonce toutes les formes de fanatisme et d'intégrisme religieux.

Dans *L'Ingénu*, Voltaire attaque surtout les jésuites et les raisonnements complaisants dans lesquels ces confesseurs et directeurs de conscience proches du roi et des grands du royaume sont passés maîtres. Le raisonnement hypocrite que le père Tout-à-tous tient à Mlle de Saint-Yves en est une illustration éloquente. Pour autant, Voltaire n'épargne pas leurs ennemis jurés, les jansénistes, représentés par le personnage de Gordon, dont les préceptes font l'objet de vives critiques de l'Ingénu. Pour celui-ci, les dogmes et principes des jansénistes ne peuvent être vérifiés et sont des « romans », des « chimères » qui plongent les hommes dans les ténèbres d'une « nuit profonde » (p. 74). Il est révélateur que, au contact de l'Ingénu, Gordon évolue peu à peu et devienne « homme » : « l'âpreté de ses anciennes opinions sortait de son cœur : il était changé en homme » (p. 105).

Par-delà les doctrines des jésuites et des jansénistes, et par-delà leurs querelles, c'est aux catholiques que Voltaire s'en prend, en mettant en évidence les contradictions qui s'immiscent entre leurs dogmes et leurs pratiques, à travers les paroles de l'Ingénu. Ce dernier n'accepte la confession que si elle est réciproque et ne comprend pas qu'il soit tenu de s'adresser au pape pour épouser Mlle de Saint-Yves. L'Ingénu, observant que les interprétations des textes sacrés évoluent au gré des usages de chacun, est désappointé : « Je m'aperçois tous les jours qu'on fait ici une infinité de choses qui ne sont point dans votre livre, et qu'on n'y fait rien de tout ce qu'il dit : je vous avoue que cela m'étonne et me fâche » (p. 55). Mais Voltaire ne se contente pas d'ironiser sur ces pratiques ; il décrit les couvents comme autant de prisons et présente les missions d'évangélisation comme des ambassades de prestige.

Malheur est-il bon à quelque chose ? Une morale ambiguë

Zadig, Candide, Micromégas et *L'Ingénu* correspondent à des moments précis de la réflexion voltairienne. Ils constituent chacun une étape décisive dans l'évolution de cette pensée. Mais toutes ces œuvres ont en commun de poser un certain nombre de questions sur la destinée humaine et sur la Providence. Si Zadig apprend de l'ange Jesrad qu'« il n'y a pas de mal dont il ne naisse un bien », si Candide pense que le salut est dans le travail et que l'homme doit « cultiver son jardin » et si Micromégas vient rappeler aux hommes qu'ils ne sont que des mites par rapport à l'univers, la morale qui clôt *L'Ingénu* est plus ambiguë. À la toute fin du dernier chapitre, Gordon adopte comme devise la formule « Malheur est bon à quelque chose » (p. 118), qui tend à indiquer qu'il ne voit plus le mal comme un insondable mystère, qu'il s'en remet désormais entièrement à la Providence et que tous les événements s'enchaînent pour le bien des individus. En cela, la leçon tirée de l'histoire est résolument optimiste. Mais à cette toute-puissance divine évoquée par Gordon s'oppose la toute-puissance du hasard suggérée par la clausule du conte, pessimiste : en effet, si le monde n'est pas régi par les lois de la Providence, il est gouverné par celles du hasard... Dans cette perspective, on ne saurait trouver un sens à la succession de malheurs... C'est délibérément que le narrateur demeure vague sur l'identité de tous ceux qui, par le monde, n'ont pas adopté la devise de Gordon, ces « honnêtes gens » parmi lesquels figure peut-être l'Ingénu...

■ Portrait de Voltaire, par Quentin de La Tour, vers 1735.

CHRONOLOGIE

16941778

16941778

- Repères historiques et culturels
- Vie et œuvre de l'auteur

Repères historiques et culturels

1643	Début du règne de Louis XIV.
1682	Bayle, *Pensées diverses écrites à un docteur de la Sorbonne à l'occasion de la Comète de 1680.*
1695	Bayle, *Dictionnaire historique et critique.*
1697	Perrault, *Histoires ou Contes du temps passé.*
1702-1712	Guerre de Succession d'Espagne : à la mort du roi d'Espagne Charles II, en 1700, le duc d'Anjou et petit-fils de Louis XIV accède au trône et devient Philippe V. L'Angleterre et les Pays-Bas, craignant la nouvelle puissance de la France, s'allient contre elle avec la Bavière, la Prusse et l'Autriche. En 1712, le congrès d'Utrecht réunit les belligérants : Philippe V conserve le trône d'Espagne mais doit renoncer pour lui et pour sa descendance au trône de France. Fin de l'hégémonie française en Europe.
1704	Début de la parution de la traduction des *Mille et Une Nuits* par Antoine Galland.
1711	*Bulle Unigenitus*, texte par lequel le pape Clément XI condamne les jansénistes.
1715	Mort de Louis XIV. Régence de Philippe d'Orléans.
1721	Montesquieu, *Lettres persanes.*
1723	Mort du Régent. Début du règne personnel de Louis XV. Marivaux, *La Double Inconstance.*

Vie et œuvre de l'auteur

1694   Naissance à Paris de François Marie Arouet, fils d'un riche notaire.

1704- Il effectue de brillantes études chez les jésuites au collège
1711   Louis-le-Grand, à Paris.

1711   Il commence des études de droit.

1713- Il est nommé secrétaire de l'ambassadeur de France à La Haye.
1715

1716   Il est contraint de s'exiler à Tulle puis à Sully-sur-Loire pour avoir
            écrit des vers satiriques contre le Régent.

1717- Il est emprisonné pendant onze mois à la Bastille pour la même raison.
1718   Il prend le pseudonyme de Voltaire et rencontre son premier grand
            succès avec une tragédie, *Œdipe*.

1721- Voltaire est reçu par l'aristocratie comme poète mondain. Il écrit
1723   et fait paraître une première version de *La Henriade*, son poème
            épique sur Henri IV et les guerres de Religion.

Repères historiques et culturels

1726-1728   Swift, *Les Voyages de Gulliver*.

1730   Agitation janséniste à Paris.
Marivaux, *Le Jeu de l'amour et du hasard*, *La Vie de Marianne*.
Hamilton, *Contes*.

1731   Prévost, *Manon Lescaut*.

1734   Marivaux, *Le Paysan parvenu*.
Montesquieu, *Considérations sur les causes de la grandeur des Romains et de leur décadence*.

1736   Crébillon, *Les Égarements du cœur et de l'esprit*.

1740   Début du règne de Frédéric II, roi de Prusse.

1742   Caylus, *Contes orientaux*.
Cazotte, *Mille et Une Fadaises*.

1745   Mme de Pompadour, favorite de Louis XV.

1747   Mme de Grafigny, *Lettre d'une Péruvienne*.

1748   Montesquieu, *De l'esprit des lois*.

Vie et œuvre de l'auteur

1725   Voltaire organise les divertissements du mariage de Louis XV et devient poète officiel de la Cour.

1726-1728   À la suite d'une querelle avec le chevalier de Rohan, il est bastonné, emprisonné à la Bastille puis exilé en Angleterre.

1729   Voltaire est de retour à Paris.

1730   Il fait paraître son *Histoire de Charles XII*.

1732   Il triomphe de nouveau avec une tragédie, *Zaïre*.

1734   Il publie ses *Lettres philosophiques*. Craignant d'être arrêté, il se réfugie chez son amie, Mme du Châtelet, en Lorraine.

1736   Son poème satirique, *Le Mondain*, déclenche un scandale. Voltaire s'exile en Hollande. Il commence à correspondre avec le futur roi de Prusse, Frédéric II.

1738   Voltaire est de retour à Paris. Il publie ses *Éléments de la philosophie de Newton* et son *Discours en vers sur l'homme*. Les premiers chapitres du *Siècle de Louis XIV* sont saisis.

1742   Sa tragédie *Mahomet ou le Fanatisme* est interdite à Paris.

1743   Sa tragédie *Mérope* remporte un vif succès. Voltaire est envoyé en mission diplomatique secrète en Prusse auprès de Frédéric II.

1745   Voltaire revient en grâce auprès de Louis XV. Il est nommé historiographe du roi.

1746   Il est élu à l'Académie française.

1747   Voltaire est en disgrâce. Il s'exile en Lorraine et publie *Memnon*, la première version de *Zadig ou la Destinée*.

1748   Voltaire compose *Babouc ou le Monde comme il va*. Lui et Mme du Châtelet séjournent à la Cour du roi Stanislas de Pologne.

Repères historiques et culturels

1749	Buffon, *Histoire naturelle*.
1750	Rousseau, *Discours sur les sciences et les arts*. Maubert de Gouvest, *Lettres iroquoises*.
1751	Publication du premier tome de l'*Encyclopédie*.
1752	Première condamnation de l'*Encyclopédie*.
1755	Tremblement de terre de Lisbonne. Rousseau, *Discours sur l'origine et les fondements de l'inégalité parmi les hommes*.
1756-1763	Guerre de Sept Ans.
1757	Menaces contre les philosophes : la publication de l'*Encyclopédie* est interrompue.
1758	Rousseau, *Lettre à d'Alembert sur les spectacles*.
1759	Seconde condamnation de l'*Encyclopédie*.
1760	Diderot, *La Religieuse*.
1761	Début du procès des jésuites au Parlement de Paris. Fermeture des collèges jésuites par le Parlement.
1762	Avènement de Catherine II de Russie. Début de l'affaire Calas, protestant injustement accusé du meurtre de son fils et exécuté. Expulsion des jésuites hors de France.
1764	Mort de Mme de Pompadour. L'ordre des jésuites est supprimé en France.
1765	Saint-Lambert, *Aventure d'un jeune officier anglais chez les Sauvages Abénakis*. Le protestant Sirven est injustement accusé du meurtre de sa fille. Il se réfugie en Suisse et est condamné à mort par contumace. Grâce à Voltaire, il sera réhabilité par le parlement de Toulouse en 1771.

Vie et œuvre de l'auteur

1749   Mort de Mme du Châtelet.

1750- Voltaire séjourne à Berlin chez Frédéric II. Il publie *Le Siècle*
1753   *de Louis XIV* puis *Micromégas* et se brouille avec Frédéric II.

1755   Voltaire publie son *Poème sur le désastre de Lisbonne*
         et commence à collaborer à l'*Encyclopédie*.

1756   Il fait paraître son *Essai sur les mœurs*.

1757   Voltaire intervient dans les négociations secrètes qui ont lieu
         entre la France et Frédéric II.

1758   Voltaire achète une propriété à Ferney, à la frontière suisse.
         Il compose *Candide ou l'Optimisme*.

1759   *Candide* rencontre un immense succès.
         Voltaire publie divers pamphlets contre les ennemis
         des philosophes.

1762   Voltaire s'engage dans l'affaire Calas.

1763   Il publie son *Traité sur la tolérance*.

1764   Il fait paraître son *Dictionnaire philosophique* et son conte,
         Jeannot et Colin.

1765   Voltaire obtient la réhabilitation de Jean Calas.

Repères historiques et culturels

1766	Exécution du chevalier de La Barre pour impiété. *Le Dictionnaire philosophique* est brûlé sur son corps. Expulsion des jésuites hors d'Espagne.
1768	Marmontel fait jouer à Paris son adaptation de *L'Ingénu*.
1769	Mercier, *Contes moraux*.
1770	D'Holbach, *Système de la nature*.
1773	Expulsion des jésuites hors d'Autriche. Leur ordre est dissous par le pape. Diderot commence la rédaction de *Jacques le Fataliste et son maître*.
1774	Mort de Louis XV. Début du règne de Louis XVI.
1775	Début de la guerre d'indépendance américaine. Beaumarchais, *Le Barbier de Séville*.
1776	Rousseau commence la rédaction des *Rêveries du promeneur solitaire*.
1777	Marmontel, *Les Incas*.
1778	Traité d'alliance de la France avec les Insurgés d'Amérique. Mort de Rousseau.
1789	La prise de la Bastille le 14 juillet marque le début de la Révolution française.
1793	Louis XVI est guillotiné.
1794	Chute de Robespierre.

Vie et œuvre de l'auteur

1767   Il fait paraître *L'Ingénu*.

1768   Il publie *La Princesse de Babylone*.

1770   Voltaire travaille à son ultime somme philosophique,
les *Questions sur l'Encyclopédie*.

1775   À Genève paraissent les premiers volumes des *Œuvres complètes*
de Voltaire chez Cramer.

1776   Il fait imprimer *La Bible enfin expliquée*.

1778   De retour à Paris, après vingt-huit ans d'absence,
il reçoit un accueil triomphal.
Il meurt le 30 mai.

1791   Ses cendres sont transférées au Panthéon.

L'Ingénu[1]

HISTOIRE VÉRITABLE
TIRÉE DES MANUSCRITS DU P. QUESNEL[2]

---

1. *L'Ingénu* est le titre que Voltaire donna à la première édition de son récit, imprimée chez Cramer, à Genève, en juillet 1767. *Le Huron ou l'Ingénu* est celui qu'il retint pour la seconde édition, imprimée chez Lacombe, à Paris, en septembre 1767, mais avec une adresse factice située à Lausanne pour contourner la censure.

2. *Pasquier Quesnel* (1634-1719) : prêtre, chef de file des jansénistes (voir présentation, note 1, p. 10) après la mort du Grand Arnauld (voir note 3, p. 72), il écrivit divers ouvrages condamnés par Rome, notamment ses *Réflexions morales sur le Nouveau Testament* (1699). De ce volume furent extraites les cent une propositions jugées hérétiques et représentatives de la mouvance janséniste à l'origine de la bulle *Unigenitus* (voir chronologie, p. 18). L'attribution de *L'Ingénu* au père Quesnel est fantaisiste. L'ouvrage présente des thèses trop hardies pour être l'œuvre d'un religieux aussi austère que le père Quesnel, bien que l'homme soit l'auteur de manuscrits compromettants retrouvés chez lui lors de son arrestation à Bruxelles en 1703 (dont Voltaire s'est souvenu pour attribuer son conte au prêtre). Par le biais de cette paternité, Voltaire a rapproché l'époque à laquelle se situe l'histoire (les années 1689 et 1690) et celle où le texte est supposé avoir été écrit (avant 1703) et rendu son récit plus véridique.

Chapitre I

Comment le **prieur**[1] de Notre-Dame
de la Montagne et Mlle sa sœur
rencontrèrent un **Huron**[2]

Un jour **saint Dunstan**[3], Irlandais de nation et saint de profession, partit d'Irlande sur une petite montagne qui vogua vers les côtes de France, et arriva par cette **voiture**[4] à la baie de Saint-Malo. Quand il fut à **bord**[5], il donna la bénédiction à sa montagne, qui

5 lui fit de profondes **révérences** et s'en retourna en Irlande par le même chemin qu'elle était venue[6].

---

1. *Prieur* : supérieur d'un couvent.

2. *Huron* : Indien d'Amérique du Nord (Canada) vivant au nord du lac Huron. Bien connus des lettrés français après la publication du *Grand Voyage au pays des Hurons* (1632) par le père jésuite Gabriel Sagard Théodat, les Hurons, à la différence des Iroquois, ne sont pas belliqueux ; en France, ils incarnent la figure du « bon sauvage » ; ils sont alliés des Français contre les Anglais qui s'affrontent sur le continent américain.

3. *Saint Dunstan* (924-988) : évêque de Canterbury, Londres et Worcester, il s'est appliqué à réformer la vie monastique en Angleterre. De nationalité anglaise, il a été élevé par des moines irlandais. Cette ouverture romanesque n'a aucun rapport avec la suite du récit. On a supposé que Voltaire avait choisi de se lancer dans la rédaction de son récit en rendant un hommage fantaisiste au saint du jour.

4. *Par cette voiture* : par ce moyen de transport (du latin *vectura*, de *vehere*, « transporter »).

5. *À bord* : à terre, sur la côte.

6. Au sujet de la foi qui déplace les montagnes, Voltaire prête à un personnage les paroles suivantes dans sa douzième *Lettre sur les miracles* : « J'ai lu dans .../...

Dunstan fonda un petit prieuré dans ces quartiers-là, et lui donna le nom de *prieuré de la Montagne*, qu'il porte encore, comme un chacun sait.

10 En l'année 1689, le 15 juillet au soir, l'abbé de Kerkabon, prieur de Notre-Dame de la Montagne, se promenait sur le bord de la mer avec Mlle de Kerkabon, sa sœur, pour prendre le frais. Le prieur, déjà un peu sur l'âge, était un très bon ecclésiastique, aimé de ses voisins, après l'avoir été autrefois de ses voisines. Ce qui lui

15 avait donné surtout une grande considération, c'est qu'il était le seul bénéficier[1] du pays qu'on ne fût pas obligé de porter dans son lit quand il avait soupé avec ses confrères. Il savait assez honnêtement de théologie[2] ; et quand il était las de lire saint Augustin[3], il s'amusait avec Rabelais[4] : aussi tout le monde disait du bien de lui.

20 Mlle de Kerkabon, qui n'avait jamais été mariée, quoiqu'elle eût grande envie de l'être, conservait de la fraîcheur[5] à l'âge de quarante-cinq ans ; son caractère était bon et sensible ; elle aimait le plaisir et était dévote.

Le prieur disait à sa sœur, en regardant la mer : « Hélas ! c'est

25 ici que s'embarqua notre pauvre frère avec notre chère belle-sœur

---

.../... l'histoire de saint Dunstan […] qu'il fit venir un jour une montagne d'Irlande en Basse-Bretagne, lui donna sa bénédiction, et la renvoya chez elle. » Mais saint Dunstan ne s'est jamais rendu ni en Irlande ni en Bretagne.

1. Bénéficier : titulaire d'un bénéfice, titre ecclésiastique accompagné de revenus.

2. Théologie : science qui a pour objet Dieu et les choses divines. On désigne par ce terme les questions doctrinales que soulèvent la lecture et l'étude des textes sacrés d'une religion.

3. Saint Augustin (354-430) : évêque africain et père de l'Église, auteur notamment de *La Cité de Dieu* ; il est à l'origine de l'augustinisme, doctrine religieuse selon laquelle l'homme est marqué par le péché originel et ne peut accéder au salut que par la grâce de Dieu (et non par ses œuvres). C'est de son enseignement que s'inspirent les jansénistes aux XVIIe et XVIIIe siècles, partisans de la pensée de Jansénius (1585-1638), disciple de saint Augustin.

4. Rabelais (1494-1553) : écrivain que l'on redécouvre au XVIIIe siècle, il est notamment l'auteur de *Gargantua* et de *Pantagruel*, deux récits associant valeurs humanistes et réalisme drolatique.

5. Fraîcheur : santé, beauté, vivacité.

Mme de Kerkabon, sa femme, sur la frégate *L'Hirondelle*, en 1669, pour aller servir en Canada[1]. S'il n'avait pas été tué, nous pourrions espérer de le revoir encore.

– Croyez-vous, disait Mlle de Kerkabon, que notre belle-sœur
30   ait été mangée par les Iroquois[2], comme on nous l'a dit ? Il est certain que si elle n'avait pas été mangée, elle serait revenue au pays. Je la pleurerai toute ma vie[3] : c'était une femme charmante ; et notre frère, qui avait beaucoup d'esprit, aurait fait assurément une grande fortune[4]. »

35   Comme ils s'attendrissaient l'un et l'autre à ce souvenir, ils virent entrer dans la baie de Rance un petit bâtiment qui arrivait avec la marée : c'étaient des Anglais qui venaient vendre quelques denrées[5] de leur pays. Ils sautèrent à terre, sans regarder M. le prieur ni Mlle sa sœur, qui fut très choquée du peu d'attention
40   qu'on avait pour elle.

Il n'en fut pas de même d'un jeune homme très bien fait qui s'élança d'un saut par-dessus la tête de ses compagnons, et se trouva vis-à-vis mademoiselle. Il lui fit un signe de tête, n'étant pas dans l'usage de[6] faire la révérence. Sa figure et son ajuste-
45   ment[7] attirèrent les regards du frère et de la sœur. Il était nu-tête et nu-jambes, les pieds chaussés de petites sandales, le chef[8] orné de longs cheveux en tresses, un petit pourpoint[9] qui serrait une

---

1. En 1689, c'est-à-dire à l'époque où se déroule l'action, le Canada s'appelle encore la Nouvelle-France et il appartient à la France. Celle-ci le perd en 1763 à l'issue du traité de Paris, qui met un terme à la guerre de Sept Ans.

2. *Iroquois* : Indiens d'Amérique du Nord anthropophages, rivaux des Hurons et alliés des Anglais contre les Français.

3. Allusion ironique aux romans larmoyants de l'époque.

4. *Une grande fortune* : une longue carrière. L'évocation de la disparition d'un être cher parti servir dans les colonies est un lieu commun des romans de l'époque.

5. *Denrées* : marchandises.

6. *Dans l'usage de* : habitué, accoutumé à.

7. *Son ajustement* : sa parure.

8. *Chef* : tête, du latin *caput*. L'emploi est déjà vieilli au XVIIe siècle.

9. *Pourpoint* : vêtement d'homme qui enveloppe la partie supérieure du corps depuis le cou jusqu'au-dessous de la ceinture.

taille fine et dégagée ; l'air martial[1] et doux. Il tenait dans sa main une petite bouteille d'eau des Barbades[2], et dans l'autre une
50 espèce de bourse[3] dans laquelle était un gobelet et de très bon biscuit de mer[4]. Il parlait français fort intelligiblement. Il présenta de son eau des Barbades à Mlle de Kerkabon et à M. son frère ; il en but avec eux ; il leur en fit reboire encore, et tout cela d'un air si simple et si naturel que le frère et la sœur en furent charmés. Ils
55 lui offrirent leurs services[5], en lui demandant qui il était et où il allait. Le jeune homme leur répondit qu'il n'en savait rien, qu'il était curieux, qu'il avait voulu voir comment les côtes de France étaient faites, qu'il était venu, et allait s'en retourner.

M. le prieur, jugeant à son accent qu'il n'était pas Anglais, prit
60 la liberté de lui demander de quel pays il était. « Je suis Huron », lui répondit le jeune homme.

Mlle de Kerkabon, étonnée et enchantée de voir un Huron qui lui avait fait des politesses, pria[6] le jeune homme à souper ; il ne se fit pas prier deux fois, et tous trois allèrent de compagnie au
65 prieuré de Notre-Dame de la Montagne.

La courte et ronde demoiselle le regardait de tous ses petits yeux, et disait de temps en temps au prieur : « Ce grand garçon-là a un teint de lis et de rose ! qu'il a une belle peau pour un Huron !

– Vous avez raison, ma sœur », disait le prieur. Elle faisait cent
70 questions coup sur coup, et le voyageur répondait toujours fort juste.

Le bruit se répandit qu'il y avait un Huron au prieuré. La bonne compagnie[7] du canton s'empressa d'y venir souper.

---

1. *Martial* : courageux, qui fait preuve de réelles aptitudes au combat. Cet adjectif est construit sur le nom du dieu grec de la Guerre, Mars.

2. *Eau des Barbades* : rhum. Il s'agit d'une boisson préparée par les colons et fort prisée des Européens. Les Barbades sont une petite île des Antilles que se partagent alors la France, l'Angleterre et l'Espagne.

3. *Une espèce de bourse* : une sacoche.

4. *Biscuit de mer* : pain sec assez dur confectionné avec une infime quantité de levain afin d'être conservé longtemps. Il constitue la nourriture de base des marins.

5. *Ils lui offrirent leurs services* : ils se mirent à sa disposition.

6. *Pria* : invita, convia.

7. *La bonne compagnie* : les notables.

L'abbé de Saint-Yves y vint avec Mlle sa sœur, jeune basse-
brette[1], fort jolie et très bien élevée. Le bailli[2], le receveur des
75 tailles[3], et leurs femmes, furent du souper. On plaça l'étranger
entre Mlle de Kerkabon et Mlle de Saint-Yves. Tout le monde le
regardait avec admiration ; tout le monde lui parlait et l'interrogeait à la fois ; le Huron ne s'en émouvait pas. Il semblait qu'il eût
pris pour sa devise celle de milord Bolingbroke[4] : *nihil admirari*[5].
80 Mais à la fin, excédé de tant de bruit, il leur dit avec assez de
douceur, mais avec un peu de fermeté : «Messieurs, dans mon
pays on parle l'un après l'autre ; comment voulez-vous que je
vous réponde quand vous m'empêchez de vous entendre ?» La
raison fait toujours rentrer les hommes en eux-mêmes pour
85 quelques moments : il se fit un grand silence. M. le bailli, qui
s'emparait toujours des étrangers dans quelque maison qu'il se
trouvât et qui était le plus grand questionneur[6] de la province, lui
dit en ouvrant la bouche d'un demi-pied[7] : «Monsieur, comment
vous nommez-vous ?

---

1. *Basse-brette* : féminin de Bas-Breton, désigne une jeune fille de Basse-
Bretagne (est ainsi nommée la partie de la Bretagne la plus «avancée» dans
l'océan, même si ses reliefs sont plus élevés que ceux de la «Haute-Bretagne»).
Mlle de Saint-Yves est originaire de Saint-Malo, ville aujourd'hui considérée
comme appartenant à la «Haute-Bretagne» et non à la «Basse-Bretagne».
2. *Bailli* : officier royal qui rend la justice dans une juridiction et qui peut
prendre le commandement des troupes locales si les circonstances l'exigent.
Son influence décroît à l'époque de Voltaire.
3. *Receveur des tailles* : agent chargé de collecter l'impôt direct levé sur le
peuple, la taille.
4. *Milord Bolingbroke* (1678-1751) : aristocrate et libre-penseur anglais,
ami et protecteur de Voltaire.
5. *Nihil admirari* : devise latine signifiant «ne s'étonner de rien», empruntée
au poète latin Horace (*Épîtres*, I, 6).
6. *Questionneur* : «celui ou celle qui fait sans cesse des questions» (*Dictionnaire de l'Académie*, 1762). Ce terme joue sur le double sens du mot «question», qui peut désigner à la fois l'interrogation et la torture.
7. Le pied est une ancienne unité de mesure de longueur valant 32,4 cm. Un
demi-pied équivaut donc à environ 16 cm.

90 – On m'a toujours appelé l'Ingénu, reprit le Huron, et on m'a confirmé ce nom en Angleterre, parce que je dis toujours naïvement ce que je pense, comme je fais tout ce que je veux.

– Comment, étant né Huron, avez-vous pu, monsieur, venir en Angleterre ?

95 – C'est qu'on m'y a mené [1] ; j'ai été fait, dans un combat, prisonnier par les Anglais, après m'être assez bien défendu ; et les Anglais, qui aiment la bravoure, parce qu'ils sont braves et qu'ils sont aussi honnêtes que nous, m'ayant proposé de me rendre à mes parents ou de venir en Angleterre, j'acceptai le dernier parti, 100 parce que de mon naturel j'aime passionnément à voir du pays.

– Mais, monsieur, dit le bailli avec son ton imposant, comment avez-vous pu abandonner ainsi père et mère ?

– C'est que je n'ai jamais connu ni père ni mère », dit l'étranger. La compagnie s'attendrit, et tout le monde répétait : *Ni père,* 105 *ni mère !* « Nous lui en servirons, dit la maîtresse de la maison à son frère le prieur ; que ce M. le Huron est intéressant ! » L'Ingénu la remercia avec une cordialité noble et fière, et lui fit comprendre qu'il n'avait besoin de rien.

« Je m'aperçois, monsieur l'Ingénu, dit le grave bailli, que 110 vous parlez mieux français qu'il n'appartient à un Huron.

– Un Français, dit-il, que nous avions appris dans ma grande jeunesse en Huronie, et pour qui je conçus beaucoup d'amitié, m'enseigna sa langue ; j'apprends très vite ce que je veux apprendre. J'ai trouvé en arrivant à Plymouth [2] un de vos Français 115 réfugiés que vous appelez *huguenots* [3], je ne sais pourquoi ; il m'a

---

1. La guerre, la capture et le voyage font partie des circonstances qui conduisent le héros à partir à la découverte du monde et sont des éléments caractéristiques des incipits des romans d'apprentissage. Mentionnés au tout début de la narration, ils tendent donc à orienter très tôt le conte philosophique vers le roman d'apprentissage.

2. *Plymouth* : port anglais où les navires de retour des Amériques ont coutume de faire escale.

3. *Huguenots* : protestants. La révocation de l'édit de Nantes date de 1685 ; elle eut pour conséquence la fuite des huguenots hors de France.

fait faire quelques progrès dans la connaissance de votre langue ; et dès que j'ai pu m'exprimer intelligiblement, je suis venu voir votre pays, parce que j'aime assez les Français quand ils ne font pas trop de questions [1]. »

120 L'abbé de Saint-Yves, malgré ce petit avertissement, lui demanda laquelle des trois langues lui plaisait davantage, la huronne, l'anglaise, ou la française. « La Huronne, sans contredit [2], répondit l'Ingénu.

– Est-il possible ? s'écria Mlle de Kerkabon ; j'avais toujours
125 cru que le français était la plus belle de toutes les langues après le bas breton [3]. »

Alors ce fut à qui demanderait à l'Ingénu comment on disait en huron du tabac, et il répondait *taya* ; comment on disait manger, et il répondait *essenten*. Mlle de Kerkabon voulut absolument
130 savoir comment on disait faire l'amour [4] ; il lui répondit *trovander* [5], et soutint, non sans apparence de raison, que ces mots-là valaient bien les mots français et anglais qui leur correspondaient. *Trovander* parut très joli à tous les convives.

M. le prieur, qui avait dans sa bibliothèque la grammaire
135 huronne [6] dont le révérend P. Sagar Théodat, récollet [7], fameux

---

1. Les Français ont en effet la réputation d'être curieux. C'est une idée similaire qu'exprime un autre étranger qui découvre la France, le Persan Rica dans les *Lettres persanes* (1721) de Montesquieu (lettre XXX).

2. *Sans contredit* : sans la moindre hésitation.

3. Au XVIIIᵉ siècle, la langue française compte un nombre si important de locuteurs à l'échelle européenne que les lettrés et les savants la considèrent comme une langue « universelle ».

4. *Faire l'amour* : faire la cour, séduire.

5. « Tous ces mots sont en effet hurons » (NdA.)

6. Il s'agit du dictionnaire de la langue huronne qui clôt le *Grand Voyage au pays des Hurons* publié par le père Gabriel Sagard Théodat en 1632 et dont Voltaire possède un exemplaire. « La langue de ces sauvages est gutturale et très pauvre, lit-on dans l'*Encyclopédie* (1751-1772), parce qu'ils n'ont connaissance que d'un très petit nombre de choses » (article « Huron »).

7. *Récollet* : religieux réformé de l'ordre des franciscains (du latin *recollectus*, formé sur *recolligere*, « recueillir »). Cet ordre envoya des missionnaires au Canada.

missionnaire, lui avait fait présent, sortit de table un moment pour l'aller consulter. Il revint tout haletant de tendresse et de joie ; il reconnut l'Ingénu pour un vrai Huron. On disputa un peu sur la multiplicité des langues, et on convint que, sans l'aven-
140 ture de la tour de Babel [1], toute la terre aurait parlé français [2].

L'interrogant [3] bailli, qui jusque-là s'était défié un peu du personnage, conçut pour lui un profond respect ; il lui parla avec plus de civilité [4] qu'auparavant, de quoi l'Ingénu ne s'aperçut pas.

Mlle de Saint-Yves était fort curieuse de savoir comment on
145 faisait l'amour au pays des Hurons. « En faisant de belles actions, répondit-il, pour plaire aux personnes qui vous ressemblent. » Tous les convives applaudirent avec étonnement. Mlle de Saint-Yves rougit et fut fort aise. Mlle de Kerkabon rougit aussi, mais elle n'était pas si aise : elle fut un peu piquée que la galanterie ne
150 s'adressât pas à elle ; mais elle était si bonne personne que son affection pour le Huron n'en fut point du tout altérée. Elle lui demanda, avec beaucoup de bonté, combien il avait eu de maîtresses [5] en Huronie. « Je n'en ai jamais eu qu'une, dit l'Ingénu ; c'était Mlle Abacaba [6], la bonne amie de ma chère nourrice ; les
155 joncs ne sont pas plus droits, l'hermine n'est pas plus blanche,

---

1. Tour de Babel : dans la Genèse (11, 1-9), tour que les hommes édifient pour se rapprocher des cieux. Pour les punir de cette entreprise orgueilleuse, Dieu introduit parmi eux la diversité des langues : incapables de se comprendre, les hommes doivent renoncer à leur projet.
2. Voltaire attribue cette réflexion à une « dame de la cour de Versailles » dans sa lettre du 26 mai 1767 à Catherine II de Russie : « Je ne suis pas comme une dame de la cour de Versailles, qui disait : "C'est bien dommage que l'aventure de la tour de Babel ait produit la confusion des langues ; sans cela tout le monde aurait toujours parlé français." »
3. Interrogant : qui ne cesse de poser des questions (néologisme de Voltaire).
4. Civilité : « Manière honnête, douce et polie d'agir, de converser ensemble » (*Dictionnaire de Furetière*, 1690).
5. Maîtresses : compagnes, femmes aimées et dont on veut être aimé.
6. Abacaba : ce nom fantaisiste, composé à partir des premières lettres de l'alphabet, évoque l'univers du conte merveilleux comme celui du conte oriental.

les moutons sont moins doux, les aigles moins fiers, et les cerfs ne sont pas si légers que l'était Abacaba. Elle poursuivait un jour un lièvre dans notre voisinage, environ à cinquante lieues[1] de notre habitation ; un Algonquin[2] mal élevé, qui habitait cent
160 lieues plus loin, vint lui prendre son lièvre ; je le sus, j'y courus, je terrassai l'Algonquin d'un coup de massue, je l'amenai aux pieds de ma maîtresse, pieds et poings liés. Les parents d'Abacaba voulurent le manger[3] ; mais je n'eus jamais de goût pour ces sortes de festins ; je lui rendis sa liberté, j'en fis un ami. Abacaba
165 fut si touchée de mon procédé qu'elle me préféra à tous ses amants. Elle m'aimerait encore si elle n'avait pas été mangée par un ours ; j'ai puni l'ours, j'ai porté longtemps sa peau ; mais cela ne m'a pas consolé. »

Mlle de Saint-Yves, à ce récit, sentait un plaisir secret d'ap-
170 prendre que l'Ingénu n'avait eu qu'une maîtresse, et qu'Abacaba n'était plus ; mais elle ne démêlait pas[4] la cause de son plaisir. Tout le monde fixait les yeux sur l'Ingénu ; on le louait beaucoup d'avoir empêché ses camarades de manger un Algonquin.

L'impitoyable bailli, qui ne pouvait réprimer sa fureur de ques-
175 tionner, poussa enfin la curiosité jusqu'à s'informer de quelle religion était M. le Huron ; s'il avait choisi la religion anglicane, ou la gallicane, ou la huguenote[5] ? « Je suis de ma religion, dit-il, comme vous de la vôtre.

---

1. La lieue est une ancienne unité de mesure équivalant à environ 4 km. Cinquante lieues correspondent donc à près de 200 km.

2. *Algonquin* : Indien du Canada appartenant au groupe ethnique le plus important qui soit en Amérique du Nord au XVIIe siècle et dont la tribu nomade et guerrière, voisine de celle des Hurons, s'est alliée à ceux-ci et aux Français contre les Iroquois et les Anglais.

3. Voltaire évoque ici la pratique de l'anthropophagie, qui était réputée courante chez les Iroquois (voir aussi l'article « Anthropophages » dans le *Dictionnaire philosophique*).

4. *Elle ne démêlait pas* : elle ne connaissait pas.

5. *La religion anglicane, ou la gallicane, ou la huguenote* : la *religion anglicane* est la religion officielle de l'Angleterre, établie à la suite de la .../...

– Hélas ! s'écria la Kerkabon, je vois bien que ces malheureux
180 Anglais n'ont pas seulement songé à le baptiser.

– Eh ! mon Dieu, disait mademoiselle de Saint-Yves, comment
se peut-il que les Hurons ne soient pas catholiques ? Est-ce que les
RR. PP. jésuites[1] ne les ont pas tous convertis[2] ? » L'Ingénu
l'assura que dans son pays on ne convertissait personne ; que
185 jamais un vrai Huron n'avait changé d'opinion, et que même il
n'y avait point dans sa langue de terme qui signifiât *inconstance*.
Ces derniers mots plurent extrêmement à Mlle de Saint-Yves.

« Nous le baptiserons, nous le baptiserons, disait la Kerkabon
à M. le prieur ; vous en aurez l'honneur, mon cher frère ; je veux
190 absolument être sa marraine : M. l'abbé de Saint-Yves le présen-
tera sur les fonts[3] ; ce sera une cérémonie bien brillante ; il en sera
parlé dans toute la Basse-Bretagne, et cela nous fera un honneur
infini. » Toute la compagnie seconda[4] la maîtresse de la maison ;
tous les convives criaient : « Nous le baptiserons ! » L'Ingénu
195 répondit qu'en Angleterre on laissait vivre les gens à leur fantai-
sie[5]. Il témoigna que la proposition ne lui plaisait point du tout,

---

.../... rupture d'Henri VIII avec Rome en 1534 ; la ***gallicane*** est une tendance
de l'Église catholique de France qui, au XVIIIe siècle, veut limiter l'influence de
la papauté ; et la ***huguenote*** renvoie, elle, au protestantisme, qui regroupe
l'ensemble des Églises et des communautés chrétiennes issues de la Réforme.

1. ***Jésuites*** : voir présentation, note 1, p. 10.

2. Voltaire évoque ici avec ironie la propagande menée par les révérends
pères (*RR. PP.*) jésuites, qui avaient coutume d'exagérer le succès de leurs
missions.

3. ***Fonts*** : fonts baptismaux (du latin *fontes*, pluriel de *fons*, « source », « fontaine »), bassin de pierre contenant de l'eau bénite du baptême.

4. ***Seconda*** : suivit, emboîta le pas à.

5. Voltaire fait ici allusion à la tolérance religieuse des Anglais, qu'il a déjà
évoquée, à la suite de son séjour en Angleterre dans les années 1726-1729,
dans ses *Lettres anglaises* ou *Lettres philosophiques* (1734, « Sur la religion
anglicane » : « Un Anglais, comme homme libre, va au Ciel par le chemin qui
lui plaît »). Toutefois, celle-ci ne va pas jusqu'à reconnaître le catholicisme.
Bien que difficiles à convertir, à l'instar des autres tribus indiennes, les Hurons
deviendront finalement chrétiens.

et que la loi des Hurons valait pour le moins la loi des Bas-Bretons ; enfin il dit qu'il repartait le lendemain. On acheva de vider sa bouteille d'eau des Barbades, et chacun s'alla coucher.

200 Quand on eut reconduit l'Ingénu dans sa chambre, Mlle de Kerkabon et son amie Mlle de Saint-Yves ne purent se tenir de regarder par le trou d'une large serrure pour voir comment dormait un Huron. Elles virent qu'il avait étendu la couverture du lit sur le plancher, et qu'il reposait dans la plus belle attitude du 205 monde.

Chapitre II

Le Huron, nommé l'Ingénu,
reconnu de ses parents

L'Ingénu, selon sa coutume, s'éveilla avec le soleil, au chant du coq, qu'on appelle en Angleterre et en Huronie *la trompette du jour*[1]. Il n'était pas comme la bonne compagnie, qui languit dans un lit oiseux jusqu'à ce que le soleil ait fait la moitié de son 5 tour, qui ne peut ni dormir ni se lever, qui perd tant d'heures précieuses dans cet état mitoyen[2] entre la vie et la mort, et qui se plaint encore que la vie est trop courte.

Il avait déjà fait deux ou trois lieues[3], il avait tué trente pièces de gibier à balle seule[4], lorsqu'en rentrant il trouva M. le prieur 10 de Notre-Dame de la Montagne et sa discrète sœur, se promenant en bonnet de nuit dans leur petit jardin. Il leur présenta

---

1. *La trompette du jour* : allusion à la pièce *Hamlet* (1600) de Shakespeare : *The cock that is the trumpet of the morn*, « le coq, dont la voix claironnante annonce le jour » (acte I, scène 1, v. 150).
2. *Mitoyen* : à mi-chemin.
3. *Deux ou trois lieues* : entre 8 et 12 km (voir note 1, p. 37).
4. *À balle seule* : avec une seule balle de son fusil.

toute sa chasse, et en tirant de sa chemise une espèce de petit talisman[1] qu'il portait toujours à son cou, il les pria de l'accepter en reconnaissance de leur bonne réception. «C'est ce que j'ai de
15 plus précieux, leur dit-il; on m'a assuré que je serais toujours heureux tant que je porterais ce petit brimborion[2] sur moi, et je vous le donne afin que vous soyez toujours heureux.»

Le prieur et mademoiselle sourirent avec attendrissement de la naïveté de l'Ingénu. Ce présent consistait en deux petits portraits
20 assez mal faits, attachés ensemble avec une courroie fort grasse[3].

Mlle de Kerkabon lui demanda s'il y avait des peintres en Huronie. «Non, dit l'Ingénu; cette rareté me vient de ma nourrice; son mari l'avait eue par conquête, en dépouillant quelques Français du Canada qui nous avaient fait la guerre; c'est tout ce
25 que j'en ai su.»

Le prieur regardait attentivement ces portraits; il changea de couleur, il s'émut, ses mains tremblèrent. «Par Notre-Dame de la Montagne, s'écria-t-il, je crois que voilà le visage de mon frère le capitaine et de sa femme[4]!» Mademoiselle, après les avoir consi-
30 dérés avec la même émotion, en jugea de même. Tous deux étaient saisis d'étonnement et d'une joie mêlée de douleur; tous deux s'attendrissaient; tous deux pleuraient; leur cœur palpitait; ils poussaient des cris; ils s'arrachaient les portraits; chacun d'eux les prenait et les rendait vingt fois en une seconde; ils
35 dévoraient des yeux les portraits et le Huron; ils lui demandaient l'un après l'autre, et tous deux à la joie[5], en quel lieu, en quel temps, comment ces miniatures[6] étaient tombées entre les mains

---

1. *Talisman* : porte-bonheur (du grec *telesma*, «rite religieux»).

2. *Brimborion* : bibelot, patenôtre, objet dépourvu de valeur.

3. *Fort grasse* : crasseuse.

4. Le lecteur assiste là à une scène de reconnaissance, que Voltaire compose de manière parodique. On retrouve le même type de scène dans *Zadig* (1747) et dans *Candide* (1759).

5. *À la joie* : fort joyeux.

6. *Miniatures* : aquarelles de dimensions réduites finement peintes.

de sa nourrice ; ils rapprochaient, ils comptaient les temps depuis
le départ du capitaine ; ils se souvenaient d'avoir eu nouvelle
40 qu'il avait été jusqu'au pays des Hurons, et que depuis ce temps
ils n'en avaient jamais entendu parler.

L'Ingénu leur avait dit qu'il n'avait connu ni père ni mère. Le
prieur, qui était homme de sens, remarqua que l'Ingénu avait un
peu de barbe ; il savait très bien que les Hurons n'en ont point.
45 « Son menton est cotonné[1], il est donc fils d'un homme d'Europe ;
mon frère et ma belle-sœur ne parurent plus après l'expédition
contre les Hurons, en 1669[2] ; mon neveu devait alors être à la
mamelle ; la nourrice huronne lui a sauvé la vie et servi de mère. »
Enfin, après cent questions et cent réponses, le prieur et sa sœur
50 conclurent que le Huron était leur propre neveu. Ils l'embrassaient
en versant des larmes ; et l'Ingénu riait, ne pouvant s'imaginer
qu'un Huron fût neveu d'un prieur bas-breton.

Toute la compagnie descendit ; M. de Saint-Yves, qui était
grand physionomiste, compara les deux portraits avec le visage
55 de l'Ingénu ; il fit très habilement remarquer qu'il avait les yeux
de sa mère, le front et le nez de feu[3] M. le capitaine de Kerkabon,
et des joues qui tenaient de l'un et de l'autre.

Mlle de Saint-Yves, qui n'avait jamais vu le père ni la mère,
assura que l'Ingénu leur ressemblait parfaitement. Ils admiraient
60 tous la Providence[4] et l'enchaînement des événements de ce

---

1. *Cotonné* : duveteux. « Les Américains, note Voltaire dans son *Dictionnaire
philosophique*, de quelque contrée, de quelque couleur, de quelque stature
qu'ils soient, n'ont ni barbe au menton ni aucun poil sur le corps, excepté les
sourcils et les cheveux » (article « Barbe »).
2. Aucune expédition contre les Hurons n'a été menée à la date à laquelle font
allusion le vicaire et sa sœur. Seuls les explorateurs Louis Jolliet (1645-1700)
et Robert Cavelier de La Salle (1643-1687), partis à la recherche d'une mer du
Sud, ont fait route vers l'ouest et se sont trouvés confrontés à l'hostilité de
plusieurs tribus iroquoises, avant de reconnaître la Louisiane et le cours du
Mississippi.
3. *Feu* : se dit d'une personne décédée.
4. *Providence* : toute-puissance divine.

monde[1]. Enfin on était si persuadé, si convaincu de la naissance de l'Ingénu, qu'il consentit lui-même à être neveu de M. le prieur, en disant qu'il aimait autant l'avoir pour son oncle qu'un autre.

On alla rendre grâce à Dieu dans l'église de Notre-Dame de la
65 Montagne, tandis que le Huron, d'un air indifférent, s'amusait à boire dans la maison.

Les Anglais qui l'avaient amené, et qui étaient prêts à mettre à la voile, vinrent lui dire qu'il était temps de partir. «Apparemment, leur dit-il, que vous n'avez pas retrouvé vos oncles et vos tantes : je
70 reste ici ; retournez à Plymouth, je vous donne toutes mes hardes[2], je n'ai plus besoin de rien au monde puisque je suis le neveu d'un prieur.» Les Anglais mirent à la voile, en se souciant fort peu que l'Ingénu eût des parents ou non en Basse-Bretagne.

Après que l'oncle, la tante et la compagnie, eurent chanté le *Te*
75 *Deum*[3] ; après que le bailli eut encore accablé l'Ingénu de questions ; après qu'on eut épuisé tout ce que l'étonnement, la joie, la tendresse, peuvent faire dire, le prieur de la Montagne et l'abbé de Saint-Yves conclurent à faire baptiser l'Ingénu au plus vite. Mais il n'en était pas d'un grand Huron de vingt-deux ans comme d'un
80 enfant qu'on régénère[4] sans qu'il en sache rien. Il fallait l'instruire, et cela paraissait difficile : car l'abbé de Saint-Yves supposait qu'un homme qui n'était pas né en France n'avait pas le sens commun[5].

Le prieur fit observer à la compagnie que, si en effet M. l'Ingénu, son neveu, n'avait pas eu le bonheur de naître en

---

1. Allusion ironique à l'optimisme du philosophe allemand Leibniz (1646-1716) – auteur notamment des *Nouveaux essais sur l'entendement humain* (1704), des *Essais de théodicée* (1710) et de la *Monadologie* (1714) –, selon lequel «tout est pour le mieux dans le meilleur des mondes», dont Voltaire a montré les limites dans *Candide* (1759).
2. *Hardes* : vêtements.
3. *Te Deum* : dans la religion catholique, premiers mots d'un chant d'action de grâces, «Nous te louons seigneur…»
4. *Régénère* : fait renaître. Ce terme appartient au vocabulaire théologique ; le baptême consacre une nouvelle naissance.
5. *Sens commun* : bon sens.

85 Basse-Bretagne, il n'en avait pas moins d'esprit ; qu'on en pouvait juger par toutes ses réponses, et que sûrement la nature l'avait beaucoup favorisé, tant du côté paternel que du maternel.

On lui demanda d'abord s'il avait jamais lu quelque livre. Il dit qu'il avait lu Rabelais traduit en anglais, et quelques morceaux
90 de Shakespeare qu'il savait par cœur ; qu'il avait trouvé ces livres chez le capitaine du vaisseau qui l'avait amené de l'Amérique à Plymouth, et qu'il en était fort content. Le bailli ne manqua pas de l'interroger sur ces livres. « Je vous avoue, dit l'Ingénu, que j'ai cru en deviner quelque chose, et que je n'ai pas entendu[1] le reste. »

95 L'abbé de Saint-Yves, à ce discours, fit réflexion que c'était ainsi que lui-même avait toujours lu, et que la plupart des hommes ne lisaient guère autrement. « Vous avez sans doute lu la Bible ? dit-il au Huron.

– Point du tout, monsieur l'abbé ; elle n'était pas parmi les
100 livres de mon capitaine ; je n'en ai jamais entendu parler.

– Voilà comme sont ces maudits Anglais[2], criait Mlle de Kerkabon ; ils feront plus de cas d'une pièce de Shakespeare, d'un plum-pudding[3] et d'une bouteille de rhum que du Pentateuque[4]. Aussi n'ont-ils jamais converti personne en Amérique.
105 Certainement ils sont maudits de Dieu ; et nous leur prendrons la Jamaïque et la Virginie[5] avant qu'il soit peu de temps. »

---

1. *Je n'ai pas entendu* : je n'ai pas compris.
2. Voltaire ironise, car les protestants, et donc les Anglais, recommandent la lecture directe de la Bible, tandis que les catholiques préconisent plutôt la lecture du catéchisme.
3. *Plum-pudding* : gâteau traditionnel anglais.
4. *Pentateuque* : nom donné aux cinq premiers livres de l'Ancien Testament (Genèse, Exode, Lévitique, Nombres et Deutéronome) attribués à Moïse.
5. La Jamaïque a été cédée par l'Espagne à l'Angleterre à l'issue du traité des Pyrénées en 1759. La Virginie a été le théâtre de violents combats entre Français et Anglais. Ceux-ci se sont en effet affrontés pour contrôler la route allant du Canada à la Louisiane. Jamais la Virginie ou la Jamaïque n'ont appartenu à la France. Cette dernière a par ailleurs pratiquement perdu toutes ses colonies au profit de l'Angleterre à l'issue de la guerre de Succession d'Espagne et au terme de la signature du traité de Paris en 1763.

Quoi qu'il en soit, on fit venir le plus habile tailleur de Saint-Malo pour habiller l'Ingénu de pied en cap[1]. La compagnie se sépara ; le bailli alla faire ses questions ailleurs. Mlle de Saint-Yves, en partant, se retourna plusieurs fois pour regarder l'Ingénu ; et il lui fit des révérences plus profondes qu'il n'en avait jamais fait à personne en sa vie.

Le bailli, avant de prendre congé, présenta à Mlle de Saint-Yves un grand nigaud de fils qui sortait du collège ; mais à peine le regarda-t-elle, tant elle était occupée de la politesse[2] du Huron.

Chapitre III

Le Huron, nommé l'Ingénu, converti

M. le prieur, voyant qu'il était un peu sur l'âge, et que Dieu lui envoyait un neveu pour sa consolation, se mit en tête qu'il pourrait lui résigner son bénéfice[3] s'il réussissait à le baptiser, et à le faire entrer dans les ordres.

L'Ingénu avait une mémoire excellente. La fermeté des organes de Basse-Bretagne, fortifiée par le climat du Canada, avait rendu sa tête si vigoureuse que, quand on frappait dessus, à peine le sentait-il ; et quand on gravait dedans, rien ne s'effaçait ; il n'avait jamais rien oublié. Sa conception[4] était d'autant plus vive et plus nette que, son enfance n'ayant point été chargée des inutilités et des sottises qui accablent la nôtre, les choses entraient dans sa cervelle sans nuage. Le prieur résolut enfin de lui faire lire le Nouveau

---

1. *De pied en cap* : des pieds à la tête.
2. *Politesse* : éducation, belles manières.
3. *Lui résigner son bénéfice* : lui céder son bénéfice ecclésiastique. Le bénéfice comprend la fonction de prieur ainsi que les revenus et les divers biens qui lui sont attachés.
4. *Conception* : intelligence.

Testament[1]. L'Ingénu le dévora avec beaucoup de plaisir ; mais, ne sachant ni dans quel temps ni dans quel pays toutes les aven-
15 tures rapportées dans ce livre étaient arrivées, il ne douta point que le lieu de la scène ne fût en Basse-Bretagne ; et il jura qu'il couperait le nez et les oreilles à Caïphe[2] et à Pilate[3] si jamais il rencontrait ces marauds-là.

Son oncle, charmé de ces bonnes dispositions, le mit au fait en
20 peu de temps ; il loua son zèle[4] ; mais il lui apprit que ce zèle était inutile, attendu que ces gens-là étaient morts il y avait environ seize cent quatre-vingt-dix années. L'Ingénu sut bientôt presque tout le livre par cœur. Il proposait quelquefois des difficultés[5] qui mettaient le prieur fort en peine. Il était obligé souvent de consul-
25 ter l'abbé de Saint-Yves, qui, ne sachant que répondre, fit venir un jésuite bas-breton pour achever la conversion du Huron.

Enfin la grâce[6] opéra ; l'Ingénu promit de se faire chrétien ; il ne douta pas qu'il ne dût commencer par être circoncis[7] ; « car, disait-il, je ne vois pas dans le livre qu'on m'a fait lire un seul
30 personnage qui ne l'ait été ; il est donc évident que je dois faire le sacrifice de mon prépuce : le plus tôt c'est le mieux ». Il ne délibéra

---

1. *Nouveau Testament* : le Nouveau Testament, qui fait suite à l'Ancien, réunit quatre Évangiles – ceux de Marc, de Pierre, de Jean et de Matthieu –, qui relatent les grandes actions du Christ, transmettent ses enseignements et évoquent sa Passion.

2. *Caïphe* : grand prêtre juif qui condamne Jésus dans les Évangiles.

3. *Pilate* : gouverneur romain de la Judée connu pour le rôle que lui attribuent les Évangiles : il scelle le sort de Jésus en le laissant condamner et crucifier.

4. *Zèle* : rigueur dans la foi.

5. *Difficultés* : questions théologiques.

6. *Grâce* : grâce divine, qui permet à l'homme d'échapper à la malédiction du péché originel et d'espérer jouir du salut éternel. Cette conception de la destinée humaine, qui ôte tout mérite à l'homme, incapable d'accéder au salut par ses seules actions, se situe au cœur d'un débat sur la théologie chrétienne ; elle est vivement contestée par Voltaire.

7. La circoncision est une opération rituelle qui consiste en l'ablation du prépuce.

point : il envoya chercher le chirurgien du village, et le pria de lui faire l'opération, comptant réjouir infiniment Mlle de Kerkabon et toute la compagnie quand une fois la chose serait faite. Le frater [1],
35 qui n'avait point encore fait cette opération, en avertit la famille, qui jeta les hauts cris. La bonne Kerkabon trembla que son neveu, qui paraissait résolu et expéditif, ne se fît lui-même l'opération très maladroitement, et qu'il n'en résultât de tristes effets auxquels les dames s'intéressent toujours par bonté d'âme.

40 Le prieur redressa [2] les idées du Huron ; il lui remontra que la circoncision n'était plus de mode ; que le baptême était beaucoup plus doux et plus salutaire ; que la loi de grâce n'était pas comme la loi de rigueur [3]. L'Ingénu, qui avait beaucoup de bon sens et de droiture, disputa [4], mais reconnut son erreur, ce qui est assez
45 rare en Europe aux gens qui disputent ; enfin il promit de se faire baptiser quand on voudrait.

Il fallait auparavant se confesser ; et c'était là le plus difficile. L'Ingénu avait toujours en poche le livre que son oncle lui avait donné. Il n'y trouvait pas qu'un seul apôtre se fût confessé, et cela
50 le rendait très rétif [5]. Le prieur lui ferma la bouche en lui montrant, dans l'épître de saint Jacques le Mineur [6], ces mots qui font tant de peine aux hérétiques [7] : *Confessez vos péchés les uns aux*

---

1. *Frater* : « frère » en latin ; le mot désigne un barbier qui peut aussi faire office de chirurgien.

2. *Redressa* : corrigea.

3. La *loi de rigueur*, assez austère, renvoie aux enseignements de l'Ancien Testament, par opposition à la *loi de grâce*, plus miséricordieuse, apportée aux hommes par le Christ et consignée par les évangélistes dans le Nouveau Testament, qui est à l'origine du christianisme.

4. *Disputa* : se lança dans une discussion théologique. Cet épisode assez comique permet à Voltaire d'ironiser une nouvelle fois sur le sens des rites et des pratiques religieuses.

5. *Rétif* : hésitant, récalcitrant, dubitatif.

6. *Épître de saint Jacques le Mineur* : dans le Nouveau Testament, lettre attribuée à l'apôtre du même nom.

7. *Hérétiques* : ici, le mot désigne les protestants.

autres[1]. Le Huron se tut, et se confessa à un récollet[2]. Quand il
eut fini, il tira le récollet du confessionnal, et, saisissant son
55 homme d'un bras vigoureux, il se mit à sa place, et le fit mettre à
genoux devant lui : «Allons, mon ami, il est dit : Confessez-vous
les uns aux autres ; je t'ai conté mes péchés, tu ne sortiras pas d'ici
que tu ne m'aies conté les tiens. » En parlant ainsi, il appuyait son
large genou contre la poitrine de son adverse partie. Le récollet
60 pousse des hurlements qui font retentir l'église. On accourt au
bruit, on voit le catéchumène[3] qui gourmait[4] le moine au nom
de saint Jacques le Mineur. La joie de baptiser un Bas-Breton
huron et anglais était si grande qu'on passa par-dessus ces singu-
larités. Il y eut même beaucoup de théologiens qui pensèrent que
65 la confession n'était pas nécessaire, puisque le baptême tenait lieu
de tout[5].

On prit jour avec l'évêque de Saint-Malo, qui, flatté comme
on peut le croire, de baptiser un Huron, arriva dans un pompeux
équipage, suivi de son clergé. Mlle de Saint-Yves, en bénissant
70 Dieu[6], mit sa plus belle robe et fit venir une coiffeuse de Saint-
Malo pour briller à la cérémonie. L'interrogant bailli accourut
avec toute la contrée. L'église était magnifiquement parée ; mais
quand il fallut prendre le Huron pour le mener aux fonts baptismaux[7], on ne le trouva point.

---

1. *Confessez vos péchés les uns aux autres* : c'est ce passage de l'Écriture
sainte que les catholiques opposent aux protestants, qui estiment que la
pénitence n'est pas un sacrement (Épître de saint Jacques, 5, 16).
2. *Récollet* : voir note 7, p. 35.
3. *Catéchumène* : personne instruite pour recevoir le baptême.
4. *Gourmait* : frappait violemment.
5. Tous les théologiens ne s'accordent pas sur ce point : pour certains, le
baptême, supposé effacer tout péché, dispense de la confession, dans le sens
où il lave le nouveau fidèle des souillures laissées par le péché originel et les
péchés personnels. Pour d'autres, le baptême ne saurait en aucun cas dispenser de la confession.
6. *En bénissant Dieu* : en rendant grâce à Dieu.
7. *Fonts baptismaux* : voir note 3, p. 38.

75 L'oncle et la tante le cherchèrent partout. On crut qu'il était à la chasse, selon sa coutume. Tous les conviés à la fête parcoururent les bois et les villages voisins : point de nouvelles du Huron.

On commençait à craindre qu'il ne fût retourné en Angleterre. On se souvenait de lui avoir entendu dire qu'il aimait fort ce pays-
80 là. M. le prieur et sa sœur étaient persuadés qu'on n'y baptisait personne, et tremblaient pour l'âme de leur neveu. L'évêque était confondu [1] et prêt à s'en retourner ; le prieur et l'abbé de Saint-Yves se désespéraient ; le bailli interrogeait tous les passants avec sa gravité ordinaire. Mlle de Kerkabon pleurait. Mlle de Saint-Yves
85 ne pleurait pas, mais elle poussait de profonds soupirs qui semblaient témoigner son goût pour les sacrements. Elles se promenaient tristement le long des saules et des roseaux qui bordent la petite rivière de Rance [2], lorsqu'elles aperçurent au milieu de la rivière une grande figure assez blanche, les deux mains croisées sur
90 la poitrine. Elles jetèrent un grand cri et se détournèrent. Mais, la curiosité l'emportant bientôt sur toute autre considération, elles se coulèrent doucement entre les roseaux ; et quand elles furent bien sûres de n'être point vues, elles voulurent voir de quoi il s'agissait.

Chapitre IV

L'Ingénu baptisé

Le prieur et l'abbé, étant accourus, demandèrent à l'Ingénu ce qu'il faisait là. « Eh parbleu ! Messieurs, j'attends le baptême : il y a une heure que je suis dans l'eau jusqu'au cou et il n'est pas honnête [3] de me laisser morfondre [4].

---

1. *Était confondu* : était ennuyé.
2. Ce détail est fantaisiste. En effet, là où l'Ingénu est supposé être baptisé, c'est-à-dire dans les environs de Saint-Malo, la Rance forme un assez large estuaire.
3. *Honnête* : courtois, convenable.
4. *Morfondre* : prendre froid, être transi.

5   – Mon cher neveu, lui dit tendrement le prieur, ce n'est pas ainsi qu'on baptise en Basse-Bretagne ; reprenez vos habits et venez avec nous. » Mlle de Saint-Yves, en entendant ce discours, disait tout bas à sa compagne : « Mademoiselle, croyez-vous qu'il reprenne sitôt ses habits ? »

10   Le Huron cependant repartit[1] au prieur : « Vous ne m'en ferez pas accroire[2] cette fois-ci comme l'autre ; j'ai bien étudié depuis ce temps-là, et je suis très certain qu'on ne se baptise pas autrement. L'eunuque de la reine Candace fut baptisé dans un ruisseau[3] ; je vous défie de me montrer dans le livre que vous m'avez

15   donné qu'on s'y soit jamais pris d'une autre façon. Je ne serai point baptisé du tout, ou je le serai dans la rivière. » On eut beau lui remontrer que les usages avaient changé, l'Ingénu était têtu, car il était Breton et Huron. Il revenait toujours à l'eunuque de la reine Candace ; et quoique Mlle sa tante et Mlle de Saint-Yves,

20   qui l'avaient observé entre les saules, fussent en droit de lui dire qu'il ne lui appartenait pas de citer un pareil homme, elles n'en firent pourtant rien, tant était grande leur discrétion. L'évêque vint lui-même lui parler, ce qui est beaucoup ; mais il ne gagna rien : le Huron disputa contre l'évêque.

25   « Montrez-moi, lui dit-il, dans le livre que m'a donné mon oncle, un seul homme qui n'ait pas été baptisé dans la rivière, et je ferai tout ce que vous voudrez. »

La tante, désespérée, avait remarqué que la première fois que son neveu avait fait la révérence, il en avait fait une plus profonde

30   à Mlle de Saint-Yves qu'à aucune autre personne de la compagnie, qu'il n'avait pas même salué M. l'évêque avec ce respect mêlé de cordialité qu'il avait témoigné à cette belle demoiselle.

---

1. Repartit : répondit vivement, rétorqua, répliqua.

2. Vous ne m'en ferez pas accroire : vous ne me tromperez pas.

3. Candace est une reine éthiopienne qui régna au Ier siècle et dont l'eunuque et grand ministre Judas fut l'un des premiers Éthiopiens à se convertir au christianisme ; il fut baptisé par l'apôtre Philippe dans l'eau d'une rivière située entre Jérusalem et Gaza (voir Actes des apôtres, 8, 26-39).

Elle prit le parti de s'adresser à elle dans ce grand embarras ; elle la pria d'interposer son crédit [1] pour engager le Huron à se faire
35 baptiser de la même manière que les Bretons, ne croyant pas que son neveu pût jamais être chrétien s'il persistait à vouloir être baptisé dans l'eau courante.

Mlle de Saint-Yves rougit du plaisir secret qu'elle sentait d'être chargée d'une si importante commission. Elle s'approcha modes-
40 tement de l'Ingénu, et, lui serrant la main d'une manière tout à fait noble : « Est-ce que vous ne ferez rien pour moi ? », lui dit-elle ; et en prononçant ces mots elle baissait les yeux, et les relevait avec une grâce attendrissante. « Ah ! tout ce que vous voudrez, mademoi-selle, tout ce que vous me commanderez : baptême d'eau, bap-
45 tême de feu, baptême de sang [2], il n'y a rien que je vous refuse. » Mlle de Saint-Yves eut la gloire de faire en deux paroles ce que ni les empressements [3] du prieur, ni les interrogations réitérées du bailli, ni les raisonnements même de M. l'évêque, n'avaient pu faire. Elle sentit son triomphe ; mais elle n'en sentait pas encore
50 toute l'étendue.

Le baptême fut administré et reçu avec toute la décence, toute la magnificence, tout l'agrément possibles. L'oncle et la tante cédèrent à M. l'abbé de Saint-Yves et à sa sœur l'honneur de tenir l'Ingénu sur les fonts. Mlle de Saint-Yves rayonnait de joie
55 de se voir marraine. Elle ne savait pas à quoi ce grand titre l'asser-vissait ; elle accepta cet honneur sans en connaître les fatales conséquences [4].

---

1. *Interposer son crédit* : user de son influence.
2. Le ***baptême de feu***, comme l'explique Voltaire dans l'article « Baptême » de son *Dictionnaire philosophique*, pratiqué par certaines sociétés chrétiennes, consiste à appliquer « un cautère au baptisé avec un fer rouge » et s'inspire de l'Évangile de Luc (3, 16). Le ***baptême de sang*** renvoie au supplice du martyr.
3. *Empressements* : marques d'affection.
4. Mlle de Saint-Yves, devenue marraine de l'Ingénu, ne peut plus être la femme de ce dernier. Le mariage civil n'existe pas en France sous l'Ancien Régime et le droit canonique interdit le mariage entre une marraine et son

Comme il n'y a jamais eu de cérémonie qui ne fût suivie d'un grand dîner, on se mit à table au sortir du baptême. Les gogue-
60 nards[1] de Basse-Bretagne dirent qu'il ne fallait pas baptiser son vin[2]. M. le prieur disait que le vin, selon Salomon, réjouit le cœur de l'homme[3]. M. l'évêque ajoutait que le patriarche Juda devait lier son ânon à la vigne, et tremper son manteau dans le sang du raisin[4], et qu'il était bien triste qu'on n'en pût faire autant en
65 Basse-Bretagne, à laquelle Dieu a dénié les vignes. Chacun tâchait de dire un bon mot sur le baptême de l'Ingénu, et des galanteries à la marraine. Le bailli, toujours interrogant, demandait au Huron s'il serait fidèle à ses promesses. «Comment voulez-vous que je manque à mes promesses, répondit le Huron, puisque je les ai
70 faites entre les mains de Mlle de Saint-Yves?»

Le Huron s'échauffa; il but beaucoup à la santé de sa marraine. «Si j'avais été baptisé de votre main, dit-il, je sens que l'eau froide qu'on m'a versée sur le chignon[5] m'aurait brûlé.» Le bailli trouva cela trop poétique, ne sachant pas combien l'allégorie[6] est fami-
75 lière au Canada. Mais la marraine en fut extrêmement contente.

On avait donné le nom d'Hercule[7] au baptisé. L'évêque de Saint-Malo demandait toujours quel était ce patron dont il n'avait

---

filleul – cependant, une dispense accordée par le pape permet de passer outre cette règle.

1. *Goguenards* : plaisantins, rieurs.

2. *Baptiser son vin* : mettre de l'eau dans son vin.

3. Voir l'Ecclésiastique (40, 20).

4. Dans la Genèse (49, 11), Jacob, mourant, annonce à Juda l'arrivée du Messie en ces termes : «Il liera son ânon à la vigne, il liera, ô mon fils, son ânesse, à la vigne. Il lavera sa robe dans le vin et son manteau dans le sang des raisins.»

5. *Chignon* : ici, nuque.

6. *Allégorie* : figure de rhétorique, description métaphorique. L'Ingénu a déjà eu recours à cette figure pour brosser le portrait d'Abacaba.

7. Le baptisé reçoit le nom du saint patron sous la protection duquel il est placé. Le nom «Hercule» n'est pas celui d'un saint mais celui d'un demi-dieu de la mythologie romaine (Héraclès en grec), célèbre par sa force, son courage et ses nombreux exploits (il accomplit les douze travaux très difficiles .../...

jamais entendu parler. Le jésuite, qui était fort savant, lui dit que c'était un saint qui avait fait douze miracles. Il y en avait un trei-
80 zième qui valait les douze autres, mais dont il ne convenait pas à un jésuite de parler : c'était celui d'avoir changé cinquante filles en femmes en une seule nuit [1]. Un plaisant qui se trouva là releva ce miracle avec énergie [2]. Toutes les dames baissèrent les yeux, et jugèrent à la physionomie de l'Ingénu qu'il était digne du saint
85 dont il portait le nom.

Chapitre V

L'Ingénu amoureux

Il faut avouer que depuis ce baptême et ce dîner Mlle de Saint-Yves souhaita passionnément que M. l'évêque la fît encore parti-cipante de [3] quelque beau sacrement [4] avec M. Hercule l'Ingénu. Cependant, comme elle était bien élevée et fort modeste, elle
5 n'osait convenir tout à fait avec elle-même de ses tendres senti-ments ; mais, s'il lui échappait un regard, un mot, un geste, une pensée, elle enveloppait tout cela d'un voile de pudeur infiniment aimable. Elle était tendre, vive et sage.

Dès que M. l'évêque fut parti, l'Ingénu et Mlle de Saint-Yves se
10 rencontrèrent sans avoir fait réflexion qu'ils se cherchaient. Ils se parlèrent sans avoir imaginé ce qu'ils se diraient. L'Ingénu lui dit

---

.../... qu'imagina pour lui Eurysthée). Le choix de ce nom est donc destiné à susciter le rire du lecteur.

1. « Quelques-uns, écrit Pierre Bayle, disent qu'en sept jours il dépucela les cinquante filles de Thestius ; d'autres veulent qu'il n'y ait eu qu'une seule nuit » (*Dictionnaire philosophique et critique*, article « Hercule », 1695).

2. *Avec énergie* : avec enthousiasme.

3. *La fît encore participante de* : l'invitât encore à intervenir dans. Le terme « participante » appartient au langage de la piété.

4. *Sacrement* : ici, allusion au mariage.

d'abord qu'il l'aimait de tout son cœur, et que la belle Abacaba, dont il avait été fou dans son pays, n'approchait pas d'elle. Mademoiselle lui répondit, avec sa modestie[1] ordinaire, qu'il fallait en
15 parler au plus vite à M. le prieur son oncle et à Mlle sa tante, et que de son côté elle en dirait deux mots à son cher frère l'abbé de Saint-Yves, et qu'elle se flattait[2] d'un consentement commun.

L'Ingénu lui répond qu'il n'avait besoin du consentement de personne, qu'il lui paraissait extrêmement ridicule d'aller deman-
20 der à d'autres ce qu'on devait faire ; que, quand deux parties sont d'accord, on n'a pas besoin d'un tiers[3] pour les accommoder. « Je ne consulte personne, dit-il, quand j'ai envie de déjeuner, ou de chasser, ou de dormir : je sais bien qu'en amour il n'est pas mal d'avoir le consentement de la personne à qui on en veut[4] ; mais,
25 comme ce n'est ni de mon oncle ni de ma tante que je suis amoureux, ce n'est pas à eux que je dois m'adresser dans cette affaire, et, si vous m'en croyez, vous vous passerez aussi de M. l'abbé de Saint-Yves. »

On peut juger que la belle Bretonne employa toute la délica-
30 tesse de son esprit à réduire[5] son Huron aux termes de la bienséance[6]. Elle se fâcha même, et bientôt se radoucit. Enfin on ne sait comment aurait fini cette conversation si, le jour baissant, M. l'abbé n'avait ramené sa sœur à son abbaye. L'Ingénu laissa coucher son oncle et sa tante, qui étaient un peu fatigués de la
35 cérémonie et de leur long dîner. Il passa une partie de la nuit à faire des vers en langue huronne pour sa bien-aimée : car il faut savoir qu'il n'y a aucun pays de la terre où l'amour n'ait rendu les amants poètes.

---

1. Modestie : pudeur.

2. Elle se flattait : elle espérait.

3. Un tiers : une tierce personne, une autre personne, étrangère à l'affaire.

4. À qui on en veut : à qui l'on veut du bien, que l'on veut aimer, dont on veut conquérir le cœur.

5. Réduire : ramener (du latin *reducere*, « reconduire »).

6. Aux termes de la bienséance : aux règles de la politesse.

Le lendemain, son oncle lui parla ainsi après le déjeuner, en
40 présence de Mlle Kerkabon, qui était tout attendrie : « Le ciel soit
loué de ce que vous avez l'honneur, mon cher neveu, d'être chrétien et Bas-Breton ! Mais cela ne suffit pas ; je suis un peu sur l'âge ;
mon frère n'a laissé qu'un petit coin de terre qui est très peu de
choses ; j'ai un bon prieuré[1] : si vous voulez seulement vous faire
45 sous-diacre[2], comme je l'espère, je vous résignerai mon prieuré, et
vous vivrez fort à votre aise, après avoir été la consolation de ma
vieillesse. »

L'Ingénu répondit : « Mon oncle, grand bien vous fasse ! vivez
tant que vous pourrez. Je ne sais pas ce que c'est que d'être sous-
50 diacre ni que de résigner ; mais tout me sera bon pourvu que j'aie
Mlle de Saint-Yves à ma disposition.

– Eh ! mon Dieu ! mon neveu, que me dites-vous là ? Vous
aimez donc cette belle mademoiselle à la folie ?

– Oui, mon oncle.

55 – Hélas ! mon neveu, il est impossible que vous l'épousiez.

– Cela est très possible, mon oncle ; car non seulement elle
m'a serré la main en me quittant, mais elle m'a promis qu'elle
me demanderait en mariage ; et assurément je l'épouserai.

– Cela est impossible, vous dis-je ; elle est votre marraine : c'est
60 un péché épouvantable à une marraine de serrer la main de son
filleul ; il n'est pas permis d'épouser sa marraine ; les lois divines
et humaines s'y opposent.

– Morbleu ! mon oncle, vous vous moquez de moi ; pourquoi
serait-il défendu d'épouser sa marraine, quand elle est jeune et
65 jolie ? Je n'ai point vu dans le livre que vous m'avez donné qu'il
fût mal d'épouser les filles qui ont aidé les gens à être baptisés. Je
m'aperçois tous les jours qu'on fait ici une infinité de choses qui

---

1. *Un bon prieuré* : un prieuré garantissant un bon revenu. Voir note 1,
p. 29.
2. *Sous-diacre* : premier des trois degrés qui mènent à la prêtrise. C'est,
depuis le règne de Louis XIV, le minimum requis pour obtenir un bénéfice
ecclésiastique. Il entraîne le célibat.

ne sont point dans votre livre, et qu'on n'y fait rien de tout ce qu'il dit : je vous avoue que cela m'étonne et me fâche. Si on me prive de la belle Saint-Yves, sous prétexte de mon baptême, je vous avertis que je l'enlève [1], et que je me débaptise [2]. »

Le prieur fut confondu [3] ; sa sœur pleura. «Mon cher frère, dit-elle, il ne faut pas que notre neveu se damne ; notre saint-père le pape peut lui donner dispense, et alors il pourra être chrétiennement heureux avec ce [4] qu'il aime. » L'Ingénu embrassa sa tante. «Quel est donc, dit-il, cet homme charmant qui favorise avec tant de bonté les garçons et les filles dans leurs amours ? Je veux lui aller parler tout à l'heure [5]. »

On lui expliqua ce que c'était que le pape ; et l'Ingénu fut encore plus étonné qu'auparavant. «Il n'y a pas un mot de tout cela dans votre livre, mon cher oncle ; j'ai voyagé, je connais la mer ; nous sommes ici sur la côte de l'Océan ; et je quitterais Mlle de Saint-Yves pour aller demander la permission de l'aimer à un homme qui demeure vers la Méditerranée, à quatre cents lieues [6] d'ici, et dont je n'entends point [7] la langue ! Cela est d'un ridicule incompréhensible. Je vais sur-le-champ chez M. l'abbé de Saint-Yves, qui ne demeure qu'à une lieue de vous, et je vous réponds que j'épouserai ma maîtresse [8] dans la journée. »

Comme il parlait encore, entra le bailli, qui, selon sa coutume, lui demanda où il allait. «Je vais me marier», dit l'Ingénu en courant ; et au bout d'un quart d'heure il était déjà chez sa belle et chère basse-brette, qui dormait encore. «Ah ! mon frère !

---

1. L'enlèvement est l'un des grands lieux communs du roman sentimental.

2. *Je me débaptise* : je renonce à mon baptême.

3. *Confondu* : troublé, déconcerté.

4. *Ce* : celle ; on trouve cet usage dans le discours galant au XVIIe siècle, il est totalement archaïque au XVIIIe siècle.

5. *Tout à l'heure* : immédiatement.

6. *Quatre cents lieues* : environ 1 600 km (voir note 1, p. 37).

7. *Je n'entends point* : je ne comprends pas.

8. *Ma maîtresse* : la femme que j'aime.

disait Mlle de Kerkabon au prieur, jamais vous ne ferez un sous-diacre de notre neveu.»

95   Le bailli fut très mécontent de ce voyage : car il prétendait [1] que son fils épousât la Saint-Yves : et ce fils était encore plus sot et plus insupportable que son père.

Chapitre VI

L'Ingénu court chez sa maîtresse
et devient furieux

À peine l'Ingénu était arrivé, qu'ayant demandé à une vieille servante où était la chambre de sa maîtresse, il avait poussé forte-ment la porte mal fermée, et s'était élancé vers le lit. Mlle de Saint-Yves, se réveillant en sursaut, s'était écriée : «Quoi ! c'est vous !
5 ah ! c'est vous ! arrêtez-vous, que faites-vous ?» Il avait répondu : «Je vous épouse», et en effet il l'épousait [2], si elle ne s'était pas débattue avec toute l'honnêteté [3] d'une personne qui a de l'édu-cation.

L'Ingénu n'entendait pas raillerie ; il trouvait toutes ces façons-là extrêmement impertinentes [4]. «Ce n'était pas ainsi qu'en usait
10 Mlle Abacaba, ma première maîtresse ; vous n'avez point de pro-bité [5] ; vous m'avez promis mariage, et vous ne voulez point faire mariage : c'est manquer aux premières lois de l'honneur ; je vous apprendrai à tenir votre parole, et je vous remettrai dans le che-
15 min de la vertu [6].»

---

1. *Prétendait* : exigeait, réclamait comme un droit (du latin *praetendere*, «présenter»).
2. *Il l'épousait* : il s'apprêtait à avoir des relations charnelles avec elle.
3. *Honnêteté* : ici, sens du devoir.
4. *Impertinentes* : impolies.
5. *Probité* : honnêteté.
6. *Vertu* : ici, fidélité.

L'Ingénu possédait une vertu[1] mâle et intrépide, digne de son patron Hercule, dont on lui avait donné le nom à son baptême ; il allait l'exercer dans toute son étendue, lorsqu'aux cris perçants de la demoiselle plus discrètement vertueuse accourut le sage abbé de
20 Saint-Yves, avec sa gouvernante, un vieux domestique dévot, et un prêtre de la paroisse. Cette vue modéra le courage de l'assaillant. « Eh, mon Dieu ! mon cher voisin, lui dit l'abbé, que faites-vous là ?

– Mon devoir, répliqua le jeune homme ; je remplis mes promesses, qui sont sacrées. »

25 Mlle de Saint-Yves se rajusta en rougissant. On emmena l'Ingénu dans un autre appartement. L'abbé lui remontra l'énormité du procédé[2]. L'Ingénu se défendit sur les privilèges[3] de la loi naturelle[4], qu'il connaissait parfaitement. L'abbé voulut prouver que la loi positive devait avoir tout l'avantage, et que sans les
30 conventions faites entre les hommes, la loi de nature ne serait presque jamais qu'un brigandage naturel. « Il faut, lui disait-il, des notaires, des prêtres, des témoins, des contrats, des dispenses. » L'Ingénu lui répondit par la réflexion que les sauvages ont toujours faite : « Vous êtes donc de bien malhonnêtes gens,
35 puisqu'il faut entre vous tant de précautions. »

L'abbé eut de la peine à résoudre cette difficulté. « Il y a, dit-il, je l'avoue, beaucoup d'inconstants et de fripons parmi nous ; et il y en aurait autant chez les Hurons s'ils étaient rassemblés dans une grande ville ; mais aussi il y a des âmes sages, honnêtes, éclairées,
40 et ce sont ces hommes-là qui ont fait les lois. Plus on est homme de bien, plus on doit s'y soumettre : on donne l'exemple aux vicieux, qui respectent un frein que la vertu s'est donné elle-même. »

---

1. *Vertu* : ici, force.
2. *Lui remontra l'énormité du procédé* : lui montra combien sa manière d'agir était grossière.
3. *Privilèges* : droits, avantages.
4. La *loi naturelle* est l'ensemble des lois dictées aux hommes par la nature, par l'instinct, par opposition à la *loi positive* qui réunit les lois divines et les lois édictées par les hommes pour contenir la loi naturelle.

Cette réponse frappa l'Ingénu. On a déjà remarqué qu'il avait l'esprit juste. On l'adoucit par des paroles flatteuses ; on lui donna
45 des espérances : ce sont les deux pièges où les hommes des deux hémisphères[1] se prennent ; on lui présenta même Mlle de Saint-Yves, quand elle eut fait sa toilette. Tout se passa avec la plus grande bienséance[2] ; mais, malgré cette décence[3], les yeux étincelants de l'Ingénu Hercule firent toujours baisser ceux de sa maî-
50 tresse, et trembler la compagnie.

On eut une peine extrême à le renvoyer chez ses parents. Il fallut encore employer le crédit[4] de la belle Saint-Yves ; plus elle sentait son pouvoir sur lui, et plus elle l'aimait. Elle le fit partir, et en fut très affligée ; enfin, quand il fut parti, l'abbé, qui non seule-
55 ment était le frère très aîné de Mlle de Saint-Yves, mais qui était aussi son tuteur[5], prit le parti de soustraire sa pupille aux empressements de cet amant terrible. Il alla consulter le bailli, qui, destinant toujours son fils à la sœur de l'abbé, lui conseilla de mettre la pauvre fille dans une communauté[6]. Ce fut un coup terrible : une
60 indifférente qu'on mettrait en couvent jetterait les hauts cris ; mais une amante, et une amante aussi sage que tendre, c'était de quoi la mettre au désespoir.

L'Ingénu, de retour chez le prieur, raconta tout avec sa naïveté ordinaire. Il essuya les mêmes remontrances, qui firent quelque
65 effet sur son esprit, et aucun sur ses sens ; mais le lendemain, quand il voulut retourner chez sa belle maîtresse pour raisonner avec elle sur la loi naturelle et sur la loi de convention, M. le bailli

---

1. ***Les hommes des deux hémisphères*** : les hommes de l'Ancien et du Nouveau Monde.
2. ***Avec la plus grande bienséance*** : dans le plus grand respect des bonnes manières.
3. ***Décence*** : retenue.
4. ***Crédit*** : influence.
5. Parce qu'elle est orpheline, Mlle de Saint-Yves se trouve juridiquement placée sous la tutelle de son frère. Celui-ci a donc le pouvoir de la faire enfermer dans un couvent.
6. ***Une communauté*** : un couvent.

lui apprit avec une joie insultante qu'elle était dans un couvent.
« Eh bien ! dit-il, j'irai raisonner dans ce couvent.

70   – Cela ne se peut », dit le bailli. Il lui expliqua fort au long ce
que c'était qu'un couvent ou un convent ; que ce mot venait du
latin *conventus*, qui signifie assemblée ; et le Huron ne pouvait
comprendre pourquoi il ne pouvait pas être admis dans l'assemblée. Sitôt qu'il fut instruit que cette assemblée était une espèce
75   de prison[1] où l'on tenait les filles renfermées, chose horrible,
inconnue chez les Hurons et chez les Anglais[2], il devint aussi
furieux que le fut son patron Hercule lorsque Euryte[3], roi
d'Œchalie, non moins cruel que l'abbé de Saint-Yves, lui refusa
la belle Iole sa fille, non moins belle que la sœur de l'abbé. Il
80   voulait aller mettre le feu au couvent, enlever sa maîtresse, ou se
brûler avec elle. Mlle de Kerkabon, épouvantée, renonçait plus
que jamais à toutes les espérances de voir son neveu sous-diacre,
et disait en pleurant qu'il avait le diable au corps depuis qu'il
était baptisé.

Chapitre VII

L'Ingénu repousse les Anglais

L'Ingénu, plongé dans une sombre et profonde mélancolie, se
promena vers le bord de la mer, son fusil à deux coups sur l'épaule,
son grand coutelas au côté, tirant de temps en temps sur quelques

---

1. Dans son roman *La Religieuse* (posth., 1796), Diderot (1713-1784)
condamne avec fermeté les vocations forcées des jeunes filles placées dans les
couvents.
2. Les ordres monastiques ne sont pas reconnus par les protestants.
3. *Euryte* : dans la mythologie grecque, roi qui promit sa fille à quiconque le
vaincrait au tir à l'arc. Hercule réussit le défi mais le roi ne voulut pas honorer
ses engagements. Hercule le tua et enleva sa fille Iole. C'est le sujet des
Trachiniennes du poète tragique grec Sophocle (495-406 av. J.-C.).

oiseaux, et souvent tenté de tirer sur lui-même ; mais il aimait
5 encore la vie, à cause de Mlle de Saint-Yves [1]. Tantôt il maudissait
son oncle, sa tante, et toute la Basse-Bretagne, et son baptême ;
tantôt il les bénissait, puisqu'ils lui avaient fait connaître celle qu'il
aimait. Il prenait sa résolution d'aller brûler le couvent, et il s'arrê-
tait tout court, de peur de brûler sa maîtresse. Les flots de la
10 Manche ne sont pas plus agités par les vents d'est et d'ouest que
son cœur l'était par tant de mouvements contraires.

Il marchait à grands pas, sans savoir où, lorsqu'il entendit le
son du tambour. Il vit de loin tout un peuple dont une moitié
courait au rivage, et l'autre s'enfuyait.

15 Mille cris s'élèvent de tous côtés ; la curiosité et le courage le
précipitent à l'instant vers l'endroit d'où partaient ces clameurs :
il y vole en quatre bonds. Le commandant de la milice [2], qui avait
soupé avec lui chez le prieur, le reconnut aussitôt ; il court à lui,
les bras ouverts : «Ah ! c'est l'Ingénu, il combattra pour nous. » Et
20 les milices, qui mouraient de peur, se rassurèrent et crièrent aussi :
«C'est l'Ingénu ! c'est l'Ingénu !

– Messieurs, dit-il, de quoi s'agit-il ? Pourquoi êtes-vous si
effarés ? A-t-on mis vos maîtresses dans des couvents ? » Alors
cent voix confuses s'écrient : «Ne voyez-vous pas les Anglais qui
25 abordent [3] ?

---

1. La tentation du suicide chez les amants contrariés est un lieu commun des
romans sentimentaux. Voir aussi chapitre XX.
2. *Milice* : sous l'Ancien Régime, troupe constituée de bourgeois et de
paysans tirés au sort pour rejoindre l'armée ou pour former des régiments
provinciaux. Peu entraînée et mal équipée, elle n'a aucune expérience en
matière de combat.
3. En 1689, année pendant laquelle se déroule l'action de *L'Ingénu*, la flotte
anglaise a débarqué à plusieurs reprises sur les côtes bretonnes afin d'empêcher tout navire français de gagner l'Angleterre et de rétablir le roi catholique
Jacques II, détrôné et remplacé par le protestant Guillaume III. Mais Voltaire
se rappelle surtout que, en 1758, pendant la guerre de Sept Ans, des nobles et
des soldats de la milice ont empêché une flotte anglaise de débarquer à Saint-
Cast près de Saint-Malo.

– Eh bien ! répliqua le Huron, ce sont de braves gens ; ils ne m'ont jamais proposé de me faire sous-diacre ; ils ne m'ont point enlevé ma maîtresse. »

Le commandant lui fit entendre que les Anglais venaient piller
30 l'abbaye de la Montagne, boire le vin de son oncle, et peut-être enlever Mlle de Saint-Yves ; que le petit vaisseau sur lequel il avait abordé en Bretagne n'était venu que pour reconnaître la côte ; qu'ils faisaient des actes d'hostilité sans avoir déclaré la guerre au roi de France, et que la province était exposée[1]. « Ah ! si cela est,
35 ils violent la loi naturelle ; laissez-moi faire ; j'ai demeuré long-temps parmi eux, je sais leur langue, je leur parlerai ; je ne crois pas qu'ils puissent avoir un si méchant dessein. »

Pendant cette conversation, l'escadre anglaise approchait ; voilà le Huron qui court vers elle, se jette dans un petit bateau,
40 arrive, monte au vaisseau amiral, et demande s'il est vrai qu'ils viennent ravager le pays sans avoir déclaré la guerre honnête-ment[2]. L'amiral et tout son bord[3] firent de grands éclats de rire, lui firent boire du punch[4], et le renvoyèrent.

L'Ingénu, piqué[5], ne songea plus qu'à se bien battre contre
45 ses anciens amis, pour ses compatriotes et pour M. le prieur. Les gentilshommes du voisinage accouraient de toutes parts ; il se joint à eux : on avait quelques canons ; il les charge, il les pointe, il les tire l'un après l'autre. Les Anglais débarquent ; il court à eux, il en tue trois de sa main, il blesse même l'amiral, qui s'était
50 moqué de lui. Sa valeur anime le courage de toute la milice ; les Anglais se rembarquent, et toute la côte retentissait des cris de victoire : Vive le roi, vive l'Ingénu ! Chacun l'embrassait, chacun

---

1. *Exposée* : sans défense. L'arrivée de cette flotte relance l'action. C'est elle qui va permettre à l'Ingénu d'acquérir son statut de héros.
2. *Honnêtement* : loyalement, conformément au code de l'honneur.
3. *Son bord* : son équipage, ses hommes.
4. *Punch* : boisson à base de rhum et de sucre. Le personnage de l'Anglais amateur de punch est un lieu commun des romans du XVIIIe siècle.
5. *Piqué* : vexé, irrité.

s'empressait d'étancher le sang de quelques blessures légères qu'il avait reçues. « Ah ! disait-il, si Mlle de Saint-Yves était là, elle me
55 mettrait une compresse. »

Le bailli, qui s'était caché dans sa cave pendant le combat, vint lui faire compliment comme les autres. Mais il fut bien surpris quand il entendit Hercule l'Ingénu dire à une douzaine de jeunes gens de bonne volonté, dont il était entouré : « Mes amis, ce n'est
60 rien d'avoir délivré l'abbaye de la Montagne ; il faut délivrer une fille. » Toute cette bouillante jeunesse prit feu à ces seules paroles. On le suivait déjà en foule, on courait au couvent. Si le bailli n'avait pas sur-le-champ averti le commandant, si on n'avait pas couru après la troupe joyeuse, c'en était fait. On ramena l'Ingénu
65 chez son oncle et sa tante, qui le baignèrent de larmes de tendresse.

« Je vois bien que vous ne serez jamais ni sous-diacre ni prieur, lui dit l'oncle ; vous serez un officier encore plus brave que mon frère le capitaine, et probablement aussi gueux[1]. » Et Mlle de
70 Kerkabon pleurait toujours en l'embrassant, et en disant : « Il se fera tuer comme mon frère ; il vaudrait bien mieux qu'il fût sous-diacre. »

L'Ingénu, dans le combat, avait ramassé une grosse bourse remplie de guinées[2], que probablement l'amiral avait laissé tom-
75 ber. Il ne douta pas qu'avec cette bourse il ne pût acheter toute la Basse-Bretagne, et surtout faire Mlle de Saint-Yves grande dame. Chacun l'exhorta de faire le voyage de Versailles pour y recevoir le prix de ses services[3]. Le commandant, les principaux officiers, le comblèrent de certificats[4]. L'oncle et la tante approuvèrent le

---

1. *Gueux* : pauvre.

2. *Guinées* : pièces de monnaie anglaise de l'époque, ainsi nommées parce qu'elles étaient à l'origine frappées sur de l'or provenant de Guinée.

3. *Le prix de ses services* : une récompense en argent, un grade dans l'armée.

4. *Certificats* : documents écrits destinés à authentifier les exploits de l'Ingénu.

80 voyage du neveu. Il devait être, sans difficulté, présenté au roi : cela seul donnerait un prodigieux relief[1] dans la province. Ces deux bonnes gens ajoutèrent à la bourse anglaise un présent considérable de leurs épargnes. L'Ingénu disait en lui-même : « Quand je verrai le roi, je lui demanderai Mlle de Saint-Yves en
85 mariage et certainement il ne me refusera pas. » Il partit donc aux acclamations de tout le canton, étouffé d'embrassements, baigné des larmes de sa tante, béni par son oncle, et se recommandant à la belle Saint-Yves.

Chapitre VIII

L'Ingénu va en cour.
Il soupe en chemin avec des huguenots

L'Ingénu prit le chemin de Saumur par le coche[2], parce qu'il n'y avait point alors d'autre commodité. Quand il fut à Saumur, il s'étonna de trouver la ville presque déserte, et de voir plusieurs familles qui déménageaient. On lui dit que, six ans auparavant,
5 Saumur contenait plus de quinze mille âmes, et qu'à présent il n'y en avait pas six mille[3]. Il ne manqua pas d'en parler à souper dans son hôtellerie[4]. Plusieurs protestants étaient à table : les uns se plaignaient amèrement, d'autres frémissaient de colère, d'autres disaient en pleurant :

---

1. *Relief* : prestige. La présentation au souverain des jeunes nobles issus des grandes familles établies en province figure parmi les usages sociaux de l'Ancien Régime.
2. *Coche* : sur la Loire, voiture de transport reliant Nantes et Orléans. Ces coches d'eau seront ensuite remplacés par les diligences et les chaises de poste.
3. Saumur devint, au XVIIe siècle, une ville protestante active. À la suite de la révocation de l'édit de Nantes, les protestants, plusieurs milliers, furent déchus d'une partie de leurs droits ; la moitié de la population émigra.
4. *Hôtellerie* : auberge.

10   *… Nos dulcia linquimus arva,*
                   Nos patriam fugimus [1].

L'Ingénu, qui ne savait pas le latin, se fit expliquer ces
paroles, qui signifient : Nous abandonnons nos douces campagnes, nous fuyons notre patrie.

15   « Et pourquoi fuyez-vous votre patrie, messieurs ?

— C'est qu'on veut que nous reconnaissions le pape.

— Et pourquoi ne le reconnaîtriez-vous pas ? Vous n'avez donc
point de marraines que vous vouliez épouser ? Car on m'a dit que
c'était lui qui en donnait la permission. – Ah ! monsieur, ce pape
20 dit qu'il est le maître du domaine des rois. – Mais, messieurs, de
quelle profession êtes-vous ? – Monsieur, nous sommes pour la
plupart des drapiers et des fabricants. – Si votre pape dit qu'il est
le maître de vos draps et de vos fabriques, vous faites très bien de
ne le pas reconnaître ; mais pour les rois, c'est leur affaire ; de quoi
25 vous mêlez-vous ? » Alors un petit homme noir [2] prit la parole, et
exposa très savamment les griefs [3] de la compagnie. Il parla de la
révocation de l'édit de Nantes avec tant d'énergie, il déplora d'une
manière si pathétique le sort de cinquante mille familles fugitives et
de cinquante mille autres converties par les dragons [4], que l'Ingénu
30 à son tour versa des larmes. « D'où vient donc, disait-il, qu'un si
grand roi, dont la gloire s'étend jusque chez les Hurons, se prive
ainsi de tant de cœurs qui l'auraient aimé, et de tant de bras qui
l'auraient servi ?

— C'est qu'on l'a trompé comme les autres grands rois, répon-
35 dit l'homme noir. On lui a fait croire que, dès qu'il aurait dit un
mot, tous les hommes penseraient comme lui ; et qu'il nous ferait

---

1. *Nos dulcia linquimus arva,/Nos patriam fugimus* : vers des *Buco-
liques*, du poète latin Virgile (chant I, v. 3-4).
2. *Un petit homme noir* : un pasteur protestant.
3. *Griefs* : reproches.
4. *Dragons* : soldats des troupes royales chargées de convertir par la force les
protestants.

changer de religion comme son musicien Lulli[1] fait changer en un moment les décorations de ses opéras. Non seulement il perd déjà cinq à six cent mille sujets très utiles, mais il s'en fait des ennemis ;
40 et le roi Guillaume[2], qui est actuellement maître de l'Angleterre, a composé plusieurs régiments de ces mêmes Français qui auraient combattu pour leur monarque.

« Un tel désastre est d'autant plus étonnant que le pape régnant[3], à qui Louis XIV sacrifie une partie de son peuple, est
45 son ennemi déclaré. Ils ont encore tous deux, depuis neuf ans, une querelle violente[4]. Elle a été poussée si loin que la France a espéré enfin de voir briser le joug qui la soumet depuis tant de siècles à cet étranger et surtout de ne lui plus donner d'argent, ce qui est le premier mobile des affaires de ce monde. Il paraît donc
50 évident qu'on a trompé ce grand roi sur ses intérêts comme sur l'étendue de son pouvoir, et qu'on a donné atteinte à la magnanimité de son cœur. »

L'Ingénu, attendri de plus en plus, demanda quels étaient les Français qui trompaient ainsi un monarque si cher aux Hurons.
55 « Ce sont les jésuites, lui répondit-on ; c'est surtout le père de La Chaise[5], confesseur de Sa Majesté. Il faut espérer que Dieu les en punira un jour, et qu'ils seront chassés comme ils nous chassent[6].

---

1. *Lulli* (1632-1687) : musicien italien favori de Louis XIV.

2. *Guillaume* : Guillaume III (1650-1702), roi de Hollande devenu roi d'Angleterre en février 1689, après le renversement du roi catholique Jacques II. Il fut un farouche adversaire de Louis XIV.

3. Il s'agit d'Innocent XI (1611-1689), qui fut pape de 1676 à 1689, l'année où se situe l'action du récit.

4. Allusion au conflit qui opposa Innocent XI et Louis XIV lorsque le pape voulut remettre en cause le droit du roi à disposer des revenus des évêchés vacants et à nommer les titulaires de ces bénéfices.

5. *Père de La Chaise* (1624-1709) : père jésuite, confesseur de Louis XIV de 1675 à 1709, il a longtemps été suspecté d'avoir joué un rôle prépondérant dans la révocation de l'édit de Nantes, en incitant Louis XIV à déposséder les protestants de leurs droits.

6. Allusion à l'expulsion des jésuites hors de France en 1764.

Y a-t-il un malheur égal aux nôtres ? Mons de Louvois[1] nous envoie de tous côtés des jésuites et des dragons.

60 – Oh bien ! messieurs, répliqua l'Ingénu, qui ne pouvait plus se contenir, je vais à Versailles recevoir la récompense due à mes services ; je parlerai à ce mons de Louvois : on m'a dit que c'est lui qui fait la guerre, de son cabinet. Je verrai le roi, je lui ferai connaître la vérité ; il est impossible qu'on ne se rende pas à cette 65 vérité quand on la sent. Je reviendrai bientôt pour épouser Mlle de Saint-Yves, et je vous prie[2] à la noce. » Ces bonnes gens le prirent alors pour un grand seigneur qui voyageait *incognito* par le coche. Quelques-uns le prirent pour le fou du roi[3].

Il y avait à la table un jésuite déguisé qui servait d'espion au 70 révérend père de La Chaise. Il lui rendait compte de tout, et le père de La Chaise en instruisait mons de Louvois. L'espion écrivit. L'Ingénu et la lettre arrivèrent presque en même temps à Versailles.

Chapitre IX

Arrivée de l'Ingénu à Versailles.
Sa réception à la cour

L'Ingénu débarque en pot de chambre[4] dans la cour des cuisines. Il demande aux porteurs de chaise à quelle heure on peut voir le roi. Les porteurs lui rient au nez, tout comme avait fait

---

1. *Louvois* (1639-1691) : ministre de la Guerre de Louis XIV de 1672 à 1691, il organisa la persécution des protestants. Mons est une abréviation pour « monsieur ».

2. *Je vous prie* : je vous invite.

3. *Le fou du roi* : bouffon attaché à la personne du roi. Dans une tradition héritée de l'époque médiévale, sur le point de s'éteindre à la fin du XVIIe siècle, il est le seul membre de l'entourage du roi autorisé à pouvoir prendre la parole librement sans craindre la vindicte royale.

4. *Pot de chambre* : « C'est une voiture de Paris à Versailles, laquelle ressemble à un petit tombereau couvert » (NdA.)

l'amiral anglais. Il les traita de même, il les battit ; ils voulurent le
lui rendre, et la scène allait être sanglante s'il n'eût passé un garde
du corps[1], gentilhomme breton, qui écarta la canaille[2]. « Monsieur, lui dit le voyageur, vous me paraissez un brave homme ; je
suis le neveu de M. le prieur de Notre-Dame de la Montagne ; j'ai
tué des Anglais, je viens parler au roi ; je vous prie de me mener
dans sa chambre. » Le garde, ravi de trouver un brave de sa province, qui ne paraissait pas au fait des usages de la cour, lui apprit
qu'on ne parlait pas ainsi au roi, et qu'il fallait être présenté par
monseigneur de Louvois. « Eh bien ! menez-moi donc chez ce monseigneur de Louvois, qui sans doute me conduira chez Sa Majesté.

– Il est encore plus difficile, répliqua le garde, de parler à monseigneur de Louvois qu'à Sa Majesté ; mais je vais vous conduire
chez M. Alexandre, le premier commis[3] de la guerre : c'est comme
si vous parliez au ministre. » Ils vont donc chez ce M. Alexandre,
premier commis, et ils ne purent être introduits ; il était en affaire
avec une dame de la cour, et il y avait ordre de ne laisser entrer
personne. « Eh bien ! dit le garde, il n'y a rien de perdu ; allons chez
le premier commis de M. Alexandre : c'est comme si vous parliez à
M. Alexandre lui-même. »

Le Huron, tout étonné, le suit ; ils restent ensemble une demi-
heure dans une petite antichambre. « Qu'est-ce donc que tout
ceci ? dit l'Ingénu ; est-ce que tout le monde est invisible dans ce
pays-ci ? Il est bien plus aisé de se battre en Basse-Bretagne contre
des Anglais que de rencontrer à Versailles les gens à qui on a
affaire. » Il se désennuya en racontant ses amours à son compa-
triote. Mais l'heure en sonnant rappela le garde du corps à son
poste. Ils se promirent de se revoir le lendemain, et l'Ingénu resta

---

1. *Garde du corps* : noble chargé d'assurer la garde personnelle du souverain après avoir servi dans l'armée.
2. *Canaille* : terme collectif désignant les personnes de la plus basse extrac-
tion.
3. *Premier commis* : sorte de haut fonctionnaire. M. Alexandre a effectivement servi dans les bureaux de Louvois.

encore une autre demi-heure dans l'antichambre, en rêvant à Mlle de Saint-Yves, et à la difficulté de parler aux rois et aux premiers commis.

35 Enfin le patron[1] parut. «Monsieur, lui dit l'Ingénu, si j'avais attendu pour repousser les Anglais aussi longtemps que vous m'avez fait attendre mon audience, ils ravageraient actuellement la Basse-Bretagne tout à leur aise.» Ces paroles frappèrent le commis. Il dit enfin au Breton : «Que demandez-vous ?

40 – Récompense, dit l'autre ; voici mes titres.» Il lui étala tous ses certificats[2]. Le commis lut, et lui dit que probablement on lui accorderait la permission d'acheter une lieutenance[3]. «Moi ! que je donne de l'argent pour avoir repoussé les Anglais ? que je paye le droit de me faire tuer pour vous, pendant que vous donnez ici
45 vos audiences tranquillement ? Je crois que vous voulez rire. Je veux une compagnie de cavalerie pour rien ; je veux que le roi fasse sortir Mlle de Saint-Yves du couvent, et qu'il me la donne par mariage ; je veux parler au roi en faveur de cinquante mille familles que je prétends lui rendre. En un mot, je veux être utile ;
50 qu'on m'emploie et qu'on m'avance.

– Comment vous nommez-vous, monsieur, qui parlez si haut ?

– Oh ! oh ! reprit l'Ingénu, vous n'avez donc pas lu mes certificats ? C'est donc ainsi qu'on en use ? Je m'appelle Hercule de Kerkabon ; je suis baptisé, je loge au *Cadran bleu*[4], et je me plain-
55 drai de vous au roi.» Le commis conclut comme les gens de Saumur, qu'il n'avait pas la tête bien saine, et n'y fit pas grande attention.

Ce même jour, le révérend père de La Chaise, confesseur de Louis XIV, avait reçu la lettre de son espion, qui accusait le Breton

---

1. *Le patron* : le commis de M. Alexandre.
2. *Certificats* : voir note 4, p. 62.
3. *Lieutenance* : charge militaire que l'on peut acheter sous l'Ancien Régime, au même titre que les charges juridiques. Voltaire critique ici une nouvelle fois la vénalité des charges.
4. *Cadran bleu* : nom d'une auberge réputée située dans la rue de Paris, l'actuelle rue de la Paroisse.

Kerkabon de favoriser dans son cœur les huguenots, et de condam-
60 ner la conduite des jésuites. M. de Louvois, de son côté, avait reçu
une lettre de l'interrogant bailli, qui dépeignait l'Ingénu comme un
garnement qui voulait brûler les couvents et enlever les filles.

L'Ingénu, après s'être promené dans les jardins de Versailles,
où il s'ennuya, après avoir soupé en Huron et en Bas-Breton,
65 s'était couché dans la douce espérance de voir le roi le lendemain,
d'obtenir Mlle de Saint-Yves en mariage, d'avoir au moins une
compagnie de cavalerie, et de faire cesser la persécution contre les
huguenots. Il se berçait de ces flatteuses idées, quand la maréchaussée [1] entra dans sa chambre. Elle se saisit d'abord de son
70 fusil à deux coups et de son grand sabre.

On fit un inventaire de son argent comptant, et on le mena
dans le château que fit construire le roi Charles V, fils de Jean II,
auprès de la rue Saint-Antoine, à la porte des Tournelles [2].

Quel était en chemin l'étonnement de l'Ingénu, je vous le laisse
75 à penser. Il crut d'abord que c'était un rêve. Il resta dans l'engour-
dissement, puis tout à coup transporté d'une fureur qui redoublait
ses forces, il prend à la gorge deux de ses conducteurs, qui étaient
avec lui dans le carrosse, les jette par la portière, se jette après eux,
et entraîne le troisième, qui voulait le retenir. Il tombe de l'effort,
80 on le lie, on le remonte dans la voiture. « Voilà donc, disait-il, ce
que l'on gagne à chasser les Anglais de la Basse-Bretagne ! Que
dirais-tu, belle Saint-Yves, si tu me voyais dans cet état ? »

On arrive enfin au gîte qui lui était destiné. On le porte en
silence dans la chambre où il devait être enfermé, comme un mort
85 qu'on porte dans un cimetière. Cette chambre était déjà occupée
par un vieux solitaire de Port-Royal [3], nommé Gordon [4], qui y

---

1. *Maréchaussée* : corps de cavaliers chargés de veiller à la sûreté publique.
2. *À la porte des Tournelles* : à la Bastille.
3. On appelait « solitaires de Port-Royal » les jansénistes, par allusion à
l'abbaye féminine de Port-Royal, près de laquelle ils vivaient dans la retraite.
4. *Gordon* : Voltaire se souvient peut-être de Thomas Gordon (mort en
1750), philosophe anglais qui combattit farouchement l'intolérance et qu'il
rencontra probablement à Londres (voir chronologie, p. 17).

languissait depuis deux ans[1]. «Tenez, lui dit le chef des sbires[2], voilà de la compagnie que je vous amène»; et sur-le-champ on referma les énormes verrous de la porte épaisse, revêtue de larges barres. Les deux captifs restèrent séparés de l'univers entier.

Chapitre X

L'Ingénu enfermé à la Bastille
avec un janséniste

M. Gordon était un vieillard frais et serein, qui savait deux grandes choses : supporter l'adversité, et consoler les malheureux. Il s'avança d'un air ouvert et compatissant vers son compagnon, et lui dit en l'embrassant : «Qui que vous soyez, qui venez partager mon tombeau, soyez sûr que je m'oublierai toujours moi-même pour adoucir vos tourments dans l'abîme infernal où nous sommes plongés. Adorons la Providence qui nous y a conduits, souffrons en paix, et espérons.» Ces paroles firent sur l'âme de l'Ingénu l'effet des gouttes d'Angleterre[3], qui rappellent un mourant à la vie, et lui font entrouvrir des yeux étonnés.

Après les premiers compliments[4], Gordon, sans le presser de lui apprendre la cause de son malheur, lui inspira, par la douceur de son entretien[5], et par cet intérêt que prennent deux malheureux l'un à l'autre, le désir d'ouvrir son cœur et de déposer le

---

1. Le retour de la persécution menée contre les jansénistes date de 1687.
2. *Sbires* : emprunté à l'italien, ce terme désigne, par mépris, les policiers chargés de l'exécution des sentences judiciaires.
3. *Gouttes d'Angleterre* : remède régénérant à base d'ammoniaque, que l'on faisait respirer en cas de perte de connaissance, inventé au XVIIe siècle par Jonathan Goddard (1617-1674), médecin en chef de l'armée anglaise sous Cromwell (1599-1658).
4. *Compliments* : politesses.
5. *Entretien* : conversation.

15 fardeau qui l'accablait; mais il ne pouvait deviner le sujet de son
malheur: cela lui paraissait un effet sans cause; et le bonhomme
Gordon était aussi étonné que lui-même.

« Il faut, dit le janséniste au Huron, que Dieu ait de grands
desseins sur vous, puisqu'il vous a conduit du lac Ontario en
20 Angleterre et en France, qu'il vous a fait baptiser en Basse-
Bretagne, et qu'il vous a mis ici pour votre salut.

– Ma foi, répondit l'Ingénu, je crois que le diable s'est mêlé
seul de ma destinée. Mes compatriotes d'Amérique ne m'auraient
jamais traité avec la barbarie que j'éprouve: ils n'en ont pas
25 d'idée. On les appelle *sauvages*; ce sont des gens de bien gros-
siers, et les hommes de ce pays-ci sont des coquins[1] raffinés. Je
suis, à la vérité, bien surpris d'être venu d'un autre monde pour
être enfermé dans celui-ci sous quatre verrous avec un prêtre; mais
je fais réflexion[2] au nombre prodigieux d'hommes qui partent
30 d'un hémisphère pour aller se faire tuer dans l'autre, ou qui font
naufrage en chemin, et qui sont mangés des poissons: je ne vois
pas les gracieux desseins de Dieu sur tous ces gens-là[3]. »

On leur apporta à dîner par un guichet. La conversation roula
sur la Providence, sur les lettres de cachet[4], et sur l'art de ne pas
35 succomber aux disgrâces auxquelles tout homme est exposé dans
ce monde. « Il y a deux ans que je suis ici, dit le vieillard, sans autre
consolation que moi-même et des livres; je n'ai pas eu un moment
de mauvaise humeur.

– Ah! monsieur Gordon, s'écria l'Ingénu, vous n'aimez donc
40 pas votre marraine? Si vous connaissiez comme moi Mlle de
Saint-Yves, vous seriez au désespoir. » À ces mots il ne put retenir
ses larmes, et il se sentit alors un peu moins oppressé. « Mais, dit-il,

---

1. *Coquins* : fripons, marauds, brigands.

2. *Je fais réflexion* : je pense.

3. Pour les jansénistes, Dieu mène au salut ceux qu'il a choisi de sauver, après les avoir fait triompher de toute une série d'adversités.

4. *Lettres de cachet* : lettres portant le sceau du roi et contenant un ordre exprès d'emprisonnement ou d'exil sans aucune forme de jugement.

pourquoi donc les larmes soulagent-elles ? Il me semble qu'elles devraient faire un effet contraire.

45 – Mon fils, tout est physique en nous, dit le bon vieillard ; toute sécrétion fait du bien au corps ; et tout ce qui le soulage soulage l'âme : nous sommes les machines de la Providence. »

L'Ingénu, qui, comme nous l'avons dit plusieurs fois, avait un grand fonds d'esprit[1], fit de profondes réflexions sur cette idée, 50 dont il semblait qu'il avait la semence en lui-même. Après quoi il demanda à son compagnon pourquoi sa machine était depuis deux ans sous quatre verrous. « Par la grâce efficace[2], répondit Gordon ; je passe pour janséniste : j'ai connu Arnauld[3] et Nicole[4] ; les jésuites nous ont persécutés. Nous croyons que le pape n'est 55 qu'un évêque comme un autre ; et c'est pour cela que le père de La Chaise a obtenu du roi, son pénitent, un ordre de me ravir, sans aucune formalité de justice, le bien le plus précieux des hommes, la liberté.

– Voilà qui est bien étrange, dit l'Ingénu ; tous les malheureux 60 que j'ai rencontrés ne le sont qu'à cause du pape. À l'égard de votre grâce efficace, je vous avoue que je n'y entends rien ; mais je regarde comme une grande grâce que Dieu m'ait fait trouver dans mon malheur un homme comme vous, qui verse dans mon cœur des consolations dont je me croyais incapable. »

---

1. *Un grand fonds d'esprit* : beaucoup d'esprit.
2. Alors que les jésuites considèrent que Dieu accorde à tous les hommes une *grâce suffisante* qui devient *efficace*, c'est-à-dire assure leur salut, s'ils le méritent par leurs actions et leur conduite, les jansénistes pensent que l'homme, individu misérable marqué par le péché originel, est incapable de se sauver lui-même et que Dieu n'accorde une « grâce efficace » qu'à un petit nombre d'élus.
3. *Antoine Arnauld* (1612-1694) : théologien et controversiste de renom. Surnommé le « Grand Arnauld » et considéré comme le chef de file des jansénistes, il est l'auteur d'un traité de vulgarisation des thèses jansénistes, *De la fréquente communion* (1643) et, avec Nicole, de la *Logique de Port-Royal* (1662).
4. *Pierre Nicole* (1625-1685) : moraliste et grand écrivain de Port-Royal.

65 Chaque jour la conversation devenait plus intéressante et plus instructive. Les âmes des deux captifs s'attachaient l'une à l'autre. Le vieillard savait beaucoup, et le jeune homme voulait beaucoup apprendre. Au bout d'un mois il étudia la géométrie ; il la dévorait. Gordon lui fit lire la *Physique* de Rohault[1], qui était encore à
70 la mode, et il eut le bon esprit de n'y trouver que des incertitudes.

Ensuite il lut le premier volume de *La Recherche de la vérité*[2]. Cette nouvelle lumière l'éclaira. « Quoi ! dit-il, notre imagination et nos sens nous trompent à ce point ! quoi ! les objets ne forment point nos idées, et nous ne pouvons nous les donner
75 nous-mêmes. » Quand il eut lu le second volume, il ne fut plus si content, et il conclut qu'il est plus aisé de détruire que de bâtir.

Son confrère, étonné qu'un jeune ignorant fît cette réflexion, qui n'appartient qu'aux âmes exercées[3], conçut une grande idée de son esprit, et s'attacha à lui davantage.

80 « Votre Malebranche, lui dit un jour l'Ingénu, me paraît avoir écrit la moitié de son livre avec sa raison, et l'autre avec son imagination et ses préjugés. »

Quelques jours après, Gordon lui demanda : « Que pensez-vous donc de l'âme, de la manière dont nous recevons nos
85 idées, de notre volonté, de la grâce, du libre arbitre[4] ?

– Rien, lui repartit l'Ingénu ; si je pensais quelque chose, c'est que nous sommes sous la puissance de l'Être éternel comme les astres et les éléments ; qu'il fait tout en nous[5], que nous sommes de petites roues de la machine immense dont il est l'âme ; qu'il

---

1. *Rohault* (1620-1674) : auteur d'un *Traité de physique* (1671) inspiré de Descartes.
2. *De la recherche de la vérité* (1674-1675) : œuvre du philosophe et oratorien Nicolas Malebranche (1638-1715), pour qui Voltaire avait beaucoup d'admiration.
3. *Exercées* : formées par l'étude.
4. *Libre arbitre* : faculté de se déterminer par la seule volonté, indépendamment du secours de la grâce divine.
5. *Il fait tout en nous* : formule inspirée d'un verset des Actes des apôtres (17, 28) : « En Dieu nous vivons, nous nous mouvons et nous sommes. »

90 agit par des lois générales, et non par des vues particulières[1] : cela
seul me paraît intelligible ; tout le reste est pour moi un abîme de
ténèbres.

– Mais, mon fils, ce serait faire Dieu auteur du péché.

– Mais, mon père, votre grâce efficace ferait Dieu auteur du
95 péché aussi : car il est certain que tous ceux à qui cette grâce
serait refusée pécheraient ; et qui nous livre au mal n'est-il pas
l'auteur du mal ? »

Cette naïveté embarrassait fort le bonhomme ; il sentait qu'il
faisait de vains efforts pour se tirer de ce bourbier ; et il entassait
100 tant de paroles qui paraissaient avoir du sens et qui n'en avaient
point (dans le goût de la prémotion physique[2]), que l'Ingénu en
avait pitié. Cette question tenait évidemment à l'origine du bien et
du mal ; et alors il fallait que le pauvre Gordon passât en revue la
boîte de Pandore, l'œuf d'Orosmade percé par Arimane, l'inimitié
105 entre Typhon et Osiris, et enfin le péché originel[3] ; et ils couraient
l'un et l'autre dans cette nuit profonde, sans jamais se rencontrer.
Mais enfin ce roman de l'âme détournait leur vue de la contemplation de leur propre misère, et, par un charme étrange, la foule des

---

1. Voltaire ne croit pas aux interventions divines particulières et arbitraires,
c'est-à-dire aux miracles, et il fait de l'Ingénu son porte-parole.

2. *Prémotion physique* : doctrine théologique selon laquelle Dieu agit direc-
tement et physiquement sur la volonté des hommes.

3. Selon le poète grec Hésiode, c'est Pandore, la première femme, qui,
envoyée aux hommes par Zeus, a ouvert une boîte de laquelle sont sortis
tous les maux du genre humain (*Les Travaux et les Jours*, v. 47-105). Selon un
mythe persan, c'est Orosmade, principe du Bien, qui a créé le monde, et c'est
son frère jumeau, Arimane, principe du Mal, qui est venu pour le détruire.
Dans la croyance égyptienne, c'est Typhon, principe du Mal, qui est à
l'origine de la mort d'Osiris, le principe du Bien. À ces mythes, destinés à
expliquer l'origine du Mal, Voltaire ajoute le péché originel, faute que com-
mettent Adam et Ève dans le jardin d'Éden en mangeant des fruits de l'arbre
de la connaissance, transgressant ainsi l'interdiction divine (Genèse, 3). En
situant le péché originel sur le même plan que les mythes grec, persan et
égyptien, Voltaire souligne combien les savoirs et les croyances varient d'une
civilisation à l'autre et d'une culture à l'autre.

calamités répandues sur l'univers diminuait la sensation de leurs
110 peines : ils n'osaient se plaindre quand tout souffrait.

Mais, dans le repos de la nuit, l'image de la belle Saint-Yves
effaçait dans l'esprit de son amant toutes les idées de **métaphysique**[1] et de morale. Il se réveillait les yeux mouillés de larmes ; et
le vieux janséniste oubliait sa grâce efficace, et l'abbé de Saint-
115 Cyran[2], et Jansénius[3], pour consoler un jeune homme qu'il
croyait en péché mortel.

Après leurs lectures, après leurs raisonnements, ils parlaient
encore de leurs aventures ; et, après en avoir inutilement parlé, ils
lisaient ensemble ou séparément. L'esprit du jeune homme se for-
120 tifiait de plus en plus. Il serait surtout allé très loin en mathéma-
tiques sans les distractions que lui donnait Mlle de Saint-Yves.

Il lut des histoires[4], elles l'attristèrent. Le monde lui parut
trop méchant et trop misérable. En effet, l'histoire n'est que le
tableau des crimes et des malheurs. La foule des hommes inno-
125 cents et paisibles disparaît toujours sur ces vastes théâtres. Les
personnages ne sont que des ambitieux pervers. Il semble que
l'histoire ne plaise que comme la tragédie, qui languit si elle
n'est animée par les passions, les forfaits, et les grandes infortunes. Il faut armer Clio du poignard, comme Melpomène[5].

130 Quoique l'histoire de France soit remplie d'horreurs, ainsi que
toutes les autres, cependant elle lui parut si dégoûtante dans ses
commencements, si sèche dans son milieu, si petite enfin, même
du temps de Henri IV, toujours si dépourvue de grands monu-
ments, si étrangère à ces belles découvertes qui ont illustré d'autres

---

1. Métaphysique : science qui s'intéresse aux origines de l'univers, aux
principes de la connaissance et à la nature de la divinité.
2. Saint-Cyran (1581-1643) : directeur de conscience à Port-Royal, qui a
diffusé la doctrine du jansénisme et dont Gordon est une caricature.
3. Jansénius : voir note 1, p. 10.
4. Histoires : ouvrages historiques.
5. Clio, Melpomène : dans la mythologie grecque, Clio est la muse de
l'Histoire et Melpomène celle de la Tragédie.

135 nations, qu'il était obligé de lutter contre l'ennui pour lire tous ces
détails de calamités obscures resserrées dans un coin du monde.

Gordon pensait comme lui. Tous deux riaient de pitié quand il
était question des souverains de Fezensac, de Fesansaguet, et d'Astarac[1]. Cette étude en effet ne serait bonne que pour leurs héritiers,
140 s'ils en avaient. Les beaux siècles de la république romaine le ren-
dirent quelque temps indifférent pour le reste de la terre. Le spectacle
de Rome victorieuse et législatrice des nations occupait son âme
entière. Il s'échauffait en contemplant ce peuple qui fut gouverné
sept cents ans par l'enthousiasme de la liberté et de la gloire.

145 Ainsi se passaient les jours, les semaines, les mois ; et il se serait
cru heureux dans le séjour du désespoir, s'il n'avait point aimé.

Son bon naturel s'attendrissait encore sur le prieur de Notre-
Dame de la Montagne, et sur la sensible Kerkabon. Que
penseront-ils, répétait-il souvent, quand ils n'auront point de
150 mes nouvelles ? Ils me croiront un ingrat. » Cette idée le tourmen-
tait ; il plaignait ceux qui l'aimaient, beaucoup plus qu'il ne se
plaignait lui-même. »

Chapitre XI

Comment l'Ingénu développe son génie

La lecture agrandit l'âme, et un ami éclairé la console. Notre
captif jouissait de ces deux avantages, qu'il n'avait pas soupçonnés
auparavant. « Je serais tenté, dit-il, de croire aux métamorphoses,

---

1. *Fezensac*, *Fesansaguet*, *Astarac* : comtés du pays d'Armagnac dont
plusieurs historiens ont relaté les conflits qui ont opposé leurs seigneurs tout
au long du Moyen Âge. Avec ses incessantes et vaines querelles entre seigneu-
ries voisines et modestes comtés, cette période n'est pas, pour Voltaire, la plus
glorieuse que la France ait connue ; d'où les rires de pitié de Gordon et de
l'Ingénu.

car j'ai été changé de brute en homme[1]. » Il se forma une bibliothèque choisie d'une partie de son argent dont on lui permettait de
disposer. Son ami l'encouragea à mettre par écrit ses réflexions.
Voici ce qu'il écrivit sur l'histoire ancienne :

« Je m'imagine que les nations ont été longtemps comme moi,
qu'elles ne se sont instruites que fort tard, qu'elles n'ont été occu-
pées pendant des siècles que du moment présent qui coulait, très
peu du passé, et jamais de l'avenir. J'ai parcouru cinq ou six cents
lieues du Canada, je n'y ai pas trouvé un seul monument ; personne n'y sait rien de ce qu'a fait son bisaïeul. Ne serait-ce pas là
l'état naturel de l'homme ? L'espèce de ce continent-ci me paraît
supérieure à celle de l'autre. Elle a augmenté son être depuis plusieurs siècles par les arts et par les connaissances.

Est-ce parce qu'elle a de la barbe au menton, et que Dieu a
refusé la barbe aux Américains ? Je ne le crois pas : car je vois que
les Chinois n'ont presque point de barbe, et qu'ils cultivent les arts
depuis plus de cinq mille années. En effet, s'ils ont plus de quatre
mille ans d'annales[2], il faut bien que la nation ait été rassemblée et
florissante depuis plus de cinquante siècles.

« Une chose me frappe surtout dans cette ancienne histoire de
la Chine, c'est que presque tout y est vraisemblable et naturel. Je
l'admire en ce qu'il n'y a rien de merveilleux.

« Pourquoi toutes les autres nations se sont-elles donné des
origines fabuleuses ? Les anciens chroniqueurs de l'histoire de
France, qui ne sont pas fort anciens, font venir les Français d'un
Francus, fils d'Hector[3] ; les Romains se disaient issus d'un

---

1. Au XVIIIe siècle, il s'agit de l'inverse de la thèse défendue par Jean-Jacques
Rousseau selon laquelle l'homme a été corrompu par la société.
2. *Annales* : ouvrages historiques relatant chronologiquement les faits
passés. Voltaire reprend ici des développements sur la Chine de son *Essai sur
les mœurs*.
3. *Hector* : fils du roi troyen Priam dans *L'Iliade* de l'écrivain grec Homère
(IXe siècle av. J.-C.). Voltaire fait ici allusion à *La Franciade*, épopée du poète
Pierre de Ronsard (1524-1585) qui développe la légende selon laquelle les
Français descendraient du héros troyen Francus, fils d'Hector.

Phrygien, quoiqu'il n'y eût pas dans leur langue un seul mot qui
eût le moindre rapport à la langue de Phrygie ; les dieux avaient
habité dix mille ans en Égypte, et les diables, en Scythie, où ils
avaient engendré les Huns [1]. Je ne vois avant Thucydide [2] que des
romans semblables aux Amadis [3], et beaucoup moins amusants.
Ce sont partout des apparitions, des oracles, des prodiges, des
sortilèges, des métamorphoses, des songes expliqués, et qui font
la destinée des plus grands empires et des plus petits États : ici des
bêtes qui parlent, là des bêtes qu'on adore, des dieux transformés
en hommes, et des hommes transformés en dieux. Ah ! s'il nous
faut des fables, que ces fables soient du moins l'emblème de la
vérité ! J'aime les fables des philosophes, je ris de celles des
enfants, et je hais celles des imposteurs. »

Il tomba un jour sur une histoire de l'empereur Justinien. On y
lisait que des apédeutes [4] de Constantinople avaient donné, en très
mauvais grec, un édit contre le plus grand capitaine du siècle [5],
parce que ce héros avait prononcé ces paroles dans la chaleur de
la conversation : « La vérité luit de sa propre lumière, et on n'éclaire

---

1. Voltaire évoque plusieurs mythes. Le Phrygien auquel il fait allusion est
Énée, le fils du Troyen Anchise et l'ancêtre des fondateurs de Rome. Le mythe
selon lequel les dieux ont habité dix mille ans en Égypte est rapporté dans la
Bibliothèque historique, l'histoire universelle composée par l'historien grec
Diodore de Sicile (v. 90-v. 20 av. J.-C.). Enfin, le mythe renvoyant aux origines
des Huns est emprunté à l'imaginaire médiéval.
2. *Thucydide* (460-395 av. J.-C.) : avec Hérodote (484-425 av. J.-C.), il est
l'un des grands historiens grecs. Il est le premier historien à avoir cherché
méthodiquement des explications rationnelles aux événements.
3. *Amadis* : romans de chevalerie merveilleux anonymes que les trouba-
dours se sont transmis oralement et qui ont connu une immense fortune
au XVIIIᵉ siècle.
4. *Apédeutes* : personnes sans éducation, ignorants (néologisme de Voltaire).
5. *Le plus grand capitaine du siècle* : la périphrase désigne le général
byzantin Bélisaire (v. 500-565), au service de l'empereur Justinien (482-565),
persécuté par celui-ci pour avoir défendu des principes de tolérance. L'anec-
dote est rapportée dans le roman de Marmontel (1723-1799), *Bélisaire*
(1767).

pas les esprits avec les flammes des bûchers. » Les apédeutes assu-
rèrent que cette proposition était hérétique [1], sentant l'hérésie, et
50 que l'axiome [2] contraire était catholique, universel, et grec [3] : « On
n'éclaire les esprits qu'avec la flamme des bûchers, et la vérité ne
saurait luire de sa propre lumière. » Ces linostoles [4] condamnèrent
ainsi plusieurs discours du capitaine, et donnèrent un édit.

« Quoi ! s'écria l'Ingénu, des édits rendus par ces gens-là [5] !
55 – Ce ne sont point des édits, répliqua Gordon, ce sont des
contr'édits dont tout le monde se moquait à Constantinople, et
l'empereur tout le premier : c'était un sage prince, qui avait su
réduire les apédeutes linostoles à ne pouvoir faire que du bien. Il
savait que ces messieurs-là et plusieurs autres pastophores [6]
60 avaient lassé de contr'édits la patience des empereurs ses prédé-
cesseurs en matière plus grave.

– Il fit fort bien, dit l'Ingénu ; on doit soutenir les pastophores
et les contenir. »

Il mit par écrit beaucoup d'autres réflexions qui épouvan-
65 tèrent le vieux Gordon. « Quoi ! dit-il en lui-même, j'ai consumé
cinquante ans à m'instruire, et je crains de ne pouvoir atteindre
au bon sens naturel de cet enfant presque sauvage ! je tremble
d'avoir laborieusement fortifié des préjugés ; il n'écoute que la
simple nature. »

---

1. Hérétique : contraire aux dogmes catholiques.

2. Axiome : vérité indémontrable considérée comme évidente et universelle
par ceux qui la défendent et veillent à la propager.

3. Catholique, universel, et grec : parodie de la formule « catholique,
universel et romain ».

4. Linostoles : néologisme de Voltaire signifiant « habillés de longues robes
de lin ».

5. Seuls les empereurs dans l'Antiquité, et seuls les rois à l'époque moderne,
peuvent rendre un édit, un arrêt. Voltaire estime que le clergé n'a pas à se
substituer à l'autorité royale.

6. Pastophores : ce néologisme désigne les « porteurs d'objets sacrés », c'est-
à-dire les prêtres chargés de porter les statues des dieux dans les lieux de culte
de la Grèce antique.

70   Le bonhomme avait quelques-uns de ces petits livres de critique, de ces brochures périodiques où des hommes incapables de rien produire dénigrent les productions des autres, où les Visé[1] insultent aux[2] Racine, et les Faydit[3] aux Fénelon. L'Ingénu en parcourut quelques-unes. « Je les compare, disait-il, à certains mou-
75 cherons qui vont déposer leurs œufs dans le derrière des plus beaux chevaux : cela ne les empêche pas de courir. » À peine les deux philosophes daignèrent-ils jeter les yeux sur ces excréments de la littérature.

    Ils lurent bientôt[4] ensemble les éléments de l'astronomie ;
80 l'Ingénu fit venir des sphères[5] : ce grand spectacle le ravissait. « Qu'il est dur, disait-il, de ne commencer à connaître le ciel que lorsqu'on me ravit le droit de le contempler ! Jupiter et Saturne roulent dans ces espaces immenses ; des millions de soleils éclairent des milliards de mondes ; et dans le coin de terre où je
85 suis jeté, il se trouve des êtres qui me privent, moi être voyant et pensant, de tous ces mondes où ma vue pourrait atteindre, et de celui où Dieu m'a fait naître ! La lumière faite pour tout l'univers est perdue pour moi. On ne me la cachait pas dans l'horizon septentrional où j'ai passé mon enfance et ma jeunesse. Sans
90 vous, mon cher Gordon, je serais ici dans le néant. »

---

1. Jean Donneau de Visé (1638-1710) : dramaturge, journaliste, fondateur et directeur du *Mercure galant*, périodique mondain, qui critiqua avec virulence les œuvres de Racine, Molière et Boileau.
2. Insultent aux : font outrage aux.
3. Faydit (1640-1709) : théologien, auteur du roman *Télémachomanie* (1700), écrit contre *Les Aventures de Télémaque* (1699), de Fénelon (1651-1715).
4. Bientôt : en peu de temps.
5. Sphères : instruments destinés à montrer la composition et les mouvements des cieux, tels que les concevaient les astronomes.

Chapitre XII

Ce que l'Ingénu pense des pièces de théâtre

Le jeune Ingénu ressemblait à un de ces arbres vigoureux qui, nés dans un sol ingrat, étendent en peu de temps leurs racines et leurs branches quand ils sont transplantés dans un terrain favorable ; et il était bien extraordinaire qu'une prison fût ce terrain.

5 Parmi les livres qui occupaient le loisir des deux captifs, il se trouva des poésies, des traductions de tragédies grecques, quelques pièces du théâtre français. Les vers qui parlaient d'amour portèrent à la fois dans l'âme de l'Ingénu le plaisir et la douleur. Ils lui parlaient tous de sa chère Saint-Yves. La fable des 10 *Deux pigeons*[1] lui perça le cœur ; il était bien loin de pouvoir revenir à son colombier.

Molière l'enchanta. Il lui faisait connaître les mœurs de Paris et du genre humain. « À laquelle de ses comédies donnez-vous la préférence ?

15 – Au *Tartuffe*[2], sans difficulté.

– Je pense comme vous, dit Gordon ; c'est un tartuffe qui m'a plongé dans ce cachot, et peut-être ce sont des tartuffes qui ont fait votre malheur. Comment trouvez-vous ces tragédies grecques ?

– Bonnes pour les Grecs, dit l'Ingénu. » Mais quand il lut 20 l'*Iphigénie* moderne, *Phèdre*, *Andromaque*, *Athalie*[3], il fut en

---

1. L'Ingénu ne peut être que sensible à cette fable de La Fontaine (1621-1695) relatant les retrouvailles de deux amants qui avaient été séparés (*Fables*, IX, 2).

2. *Tartuffe* (1664) : comédie de Molière dont le personnage principal est un faux dévot, un homme d'Église fourbe et hypocrite.

3. *Iphigénie* (1674), *Phèdre* (1677), *Andromaque* (1667), *Athalie* (1691) : tragédies de Jean Racine.

extase, il soupira, il versa des larmes, il les sut par cœur sans avoir envie de les apprendre.

«Lisez *Rodogune*[1], lui dit Gordon; on dit que c'est le chef-d'œuvre du théâtre; les autres pièces qui vous ont fait tant de
25 plaisir sont peu de chose en comparaison.» Le jeune homme, dès la première page, lui dit: «Cela n'est pas du même auteur. – À quoi le voyez-vous? – Je n'en sais rien encore; mais ces vers-là ne vont ni à mon oreille ni à mon cœur. – Oh! ce n'est rien que des vers», répliqua Gordon. L'Ingénu répondit: «Pourquoi donc en
30 faire[2]?»

Après avoir lu très attentivement la pièce, sans autre dessein que celui d'avoir du plaisir, il regardait son ami avec des yeux secs et étonnés, et ne savait que dire. Enfin, pressé de rendre compte de ce qu'il avait senti, voici ce qu'il répondit: «Je n'ai guère entendu
35 le commencement; j'ai été révolté du milieu; la dernière scène m'a beaucoup ému, quoiqu'elle me paraisse peu vraisemblable[3]: je ne me suis intéressé pour personne, et je n'ai pas retenu vingt vers, moi qui les retiens tous quand ils me plaisent.

– Cette pièce passe pourtant pour la meilleure que nous
40 ayons.

– Si cela est, répliqua-t-il, elle est peut-être comme bien des gens qui ne méritent pas leurs places. Après tout, c'est ici une affaire de goût; le mien ne doit pas encore être formé: je peux me tromper; mais vous savez que je suis assez accoutumé à dire
45 ce que je pense, ou plutôt ce que je sens. Je soupçonne qu'il y a souvent de l'illusion, de la mode, du caprice, dans les jugements

---

1. *Rodogune* (1644): tragédie de Pierre Corneille considérée au XVIIIe siècle comme la pièce la plus conforme aux règles classiques. Voltaire la juge pourtant assez sévèrement dans ses *Commentaires sur Corneille* (1764).
2. Plusieurs dramaturges et critiques se sont interrogés, dès le début du XVIIIe siècle, sur le sens de l'utilisation du vers dans le théâtre. C'est le débat ouvert par ces critiques qu'évoque ici Voltaire.
3. La scène du dénouement connut un vif succès partout où la pièce fut jouée mais Voltaire la jugeait peu crédible.

des hommes. J'ai parlé d'après la nature ; il se peut que chez moi la nature soit très imparfaite ; mais il se peut aussi qu'elle soit quelquefois peu consultée par la plupart des hommes. » Alors il récita des vers d'*Iphigénie*, dont il était plein ; et quoiqu'il ne déclamât pas bien, il y mit tant de vérité et d'onction qu'il fit pleurer le vieux janséniste. Il lut ensuite *Cinna*[1] ; il ne pleura point, mais il admira.

Chapitre XIII

La belle Saint-Yves va à Versailles

Pendant que notre infortuné s'éclairait plus qu'il ne se consolait ; pendant que son génie[2], étouffé depuis si longtemps, se déployait avec tant de rapidité et de force ; pendant que la nature, qui se perfectionnait en lui, le vengeait des outrages de la fortune[3], que devinrent M. le prieur et sa bonne sœur, et la belle recluse[4] Saint-Yves ? Le premier mois, on fut inquiet, et au troisième on fut plongé dans la douleur : les fausses conjectures[5], les bruits mal fondés, alarmèrent ; au bout de six mois, on le crut mort. Enfin M. et Mlle de Kerkabon apprirent, par une ancienne lettre qu'un garde du roi avait écrite en Bretagne, qu'un jeune homme semblable à l'Ingénu était arrivé un soir à Versailles, mais qu'il avait été enlevé pendant la nuit, et que depuis ce temps personne n'en avait entendu parler.

---

1. *Cinna* (1642) : tragédie de Pierre Corneille considérée par Voltaire comme le chef-d'œuvre du dramaturge.
2. *Génie* : qualités naturelles.
3. *Fortune* : destin.
4. *Recluse* : religieuse qui vit retirée dans un couvent, coupée du monde extérieur.
5. *Conjectures* : suppositions.

« Hélas ! dit Mlle de Kerkabon, notre neveu aura fait quelque
15 sottise, et se sera attiré de fâcheuses affaires. Il est jeune, il est Bas-
Breton, il ne peut savoir comme on doit se comporter à la cour.
Mon cher frère, je n'ai jamais vu Versailles ni Paris ; voici une belle
occasion, nous retrouverons peut-être notre pauvre neveu : c'est le
fils de notre frère ; notre devoir est de le secourir. Qui sait si nous
20 ne pourrons point parvenir enfin à le faire sous-diacre, quand la
fougue de la jeunesse sera amortie ? Il avait beaucoup de dispositions pour les sciences [1]. Vous souvenez-vous comme il raisonnait
sur l'Ancien et sur le Nouveau Testament ? Nous sommes responsables de son âme ; c'est nous qui l'avons fait baptiser ; sa chère
25 maîtresse Saint-Yves passe les journées à pleurer. En vérité il faut
aller à Paris. S'il est caché dans quelqu'une de ces vilaines maisons
de joie [2] dont on m'a fait tant de récits, nous l'en tirerons. » Le
prieur fut touché des discours de sa sœur. Il alla trouver l'évêque de
Saint-Malo, qui avait baptisé le Huron, et lui demanda sa pro-
30 tection et ses conseils. Le prélat approuva le voyage.

Il donna au prieur des lettres de recommandation pour le père
de La Chaise, confesseur du roi, qui avait la première dignité [3] du
royaume, pour l'archevêque de Paris Harlay [4], et pour l'évêque de
Meaux Bossuet [5].

35 Enfin le frère et la sœur partirent ; mais, quand ils furent arrivés
à Paris, ils se trouvèrent égarés comme dans un vaste labyrinthe,
sans fil et sans issue. Leur fortune était médiocre, il leur fallait tous

---

1. *Sciences* : ici, études en général.
2. Les maisons de joie sont des maisons de prostitution. Voltaire transpose ici
l'un des lieux communs de l'épisode du voyage à Paris qui figure dans de
nombreux contes et romans de la seconde moitié du XVIIIe siècle. On le trouve
notamment dans *Candide* et dans *La Nouvelle Héloïse* de Rousseau.
3. *Première dignité* : éminente fonction ecclésiastique.
4. *François de Harlay* (1625-1695) : archevêque de Paris qui réclama
activement la révocation de l'édit de Nantes et mena une vie de débauche.
On raconte qu'il est mort dans les bras de sa maîtresse, Mme de Lesdiguières.
5. *Bossuet* (1627-1704) : évêque célèbre pour ses sermons et ses oraisons.

les jours des voitures pour aller à la découverte, et ils ne découvraient rien.

40   Le prieur se présenta chez le révérend père de La Chaise : il était avec Mlle du Tron [1], et ne pouvait donner audience à des prieurs. Il alla à la porte de l'archevêque : le prélat était enfermé avec la belle Mme de Lesdiguières [2] pour les affaires de l'Église. Il courut à la maison de campagne de l'évêque de Meaux : celui-
45   ci examinait, avec Mlle de Mauléon [3], l'amour mystique de Mme Guyon [4]. Cependant il parvint à se faire entendre de ces deux prélats ; tous deux lui déclarèrent qu'ils ne pouvaient se mêler de son neveu, attendu qu'il n'était pas sous-diacre.

Enfin il vit le jésuite ; celui-ci le reçut à bras ouverts, lui protesta
50   qu'il avait toujours eu pour lui une estime particulière, ne l'ayant jamais connu [5]. Il jura que la Société [6] avait toujours été attachée aux Bas-Bretons. « Mais, dit-il, votre neveu n'aurait-il pas le malheur d'être huguenot ?

– Non, assurément, mon révérend père.

55   – Serait-il point janséniste ?

– Je puis assurer à Votre Révérence qu'à peine est-il chrétien : il y a environ onze mois que nous l'avons baptisé.

---

1. Mlle du Tron : nièce du premier valet de chambre de Louis XIV, Bontemps, Mlle du Tron aurait eu une liaison avec le père de La Chaise, selon un pamphlet anonyme douteux, l'*Histoire célèbre des mœurs du père de La Chaise* (1704).

2. Mme de Lesdiguières : cousine germaine du cardinal de Retz, Mme de Lesdiguières aurait été la maîtresse de l'archevêque Harlay (voir note 4, p. 84).

3. Selon un pamphlet protestant de 1712, les *Mémoires secrets de la cour et du clergé de France*, de Jean-Baptiste Denis, Bossuet aurait été dans sa jeunesse lié par un contrat de mariage à Mlle de Mauléon.

4. Mme Guyon (1648-1717) : mystique, elle diffusa en France la doctrine du quiétisme, prônant une communion directe avec Dieu et dénigrant les sacrements comme dérisoires.

5. Ne l'ayant jamais connu : bien qu'il ne l'eût jamais connu.

6. La Société : il s'agit de la Compagnie de Jésus fondée par Ignace de Loyola en 1534, dont les membres étaient jésuites.

– Voilà qui est bien, voilà qui est bien ; nous aurons soin de lui. Votre bénéfice est-il considérable ?

60 – Oh ! fort peu de chose, et mon neveu nous coûte beaucoup.

– Y a-t-il quelques jansénistes dans le voisinage ? Prenez bien garde, mon cher monsieur le prieur, ils sont plus dangereux que les huguenots et les athées.

– Mon révérend père, nous n'en avons point ; on ne sait ce 65 que c'est que le jansénisme à Notre-Dame de la Montagne.

– Tant mieux ; allez, il n'y a rien que je ne fasse pour vous [1]. » Il congédia affectueusement le prieur, et n'y pensa plus.

Le temps s'écoulait, le prieur et la bonne sœur se désespéraient.

70 Cependant le maudit bailli pressait le mariage de son grand benêt de fils avec la belle Saint-Yves, qu'on avait fait sortir exprès du couvent. Elle aimait toujours son cher filleul autant qu'elle détestait le mari qu'on lui présentait. L'affront d'avoir été mise dans un couvent augmentait sa passion ; l'ordre d'épouser le fils 75 du bailli y mettait le comble. Les regrets, la tendresse, et l'horreur bouleversaient son âme. L'amour, comme on sait, est bien plus ingénieux et plus hardi [2] dans une jeune fille que l'amitié [3] ne l'est dans un vieux prieur et dans une tante de quarante-cinq ans passés. De plus, elle s'était bien formée dans son couvent par les 80 romans qu'elle avait lus à la dérobée.

La belle Saint-Yves se souvenait de la lettre qu'un garde du corps avait écrite en Basse-Bretagne, et dont on avait parlé dans la province. Elle résolut d'aller elle-même prendre des informations à Versailles ; de se jeter aux pieds des ministres si son mari 85 était en prison, comme on le disait, et d'obtenir justice pour lui. Je ne sais quoi l'avertissait secrètement qu'à la cour on ne refuse rien à une jolie fille ; mais elle ne savait pas ce qu'il en coûtait.

---

1. *Que je ne fasse pour vous* : que je ne puisse faire pour vous.
2. *Hardi* : déterminé, résolu.
3. *Amitié* : affection, tendresse.

Sa résolution prise, elle est consolée, elle est tranquille, elle ne rebute plus son sot prétendu ; elle accueille le détestable beau-père, caresse son frère, répand l'allégresse dans la maison ; puis, le jour destiné à la cérémonie, elle part secrètement à quatre heures du matin avec ses petits présents de noce[1], et tout ce qu'elle a pu rassembler. Ses mesures étaient si bien prises qu'elle était déjà à plus de dix lieues lorsqu'on entra dans sa chambre, vers le midi.

La surprise et la consternation furent grandes. L'interrogant bailli fit ce jour-là plus de questions qu'il n'en avait fait dans toute la semaine ; le mari resta plus sot qu'il ne l'avait jamais été. L'abbé de Saint-Yves, en colère, prit le parti de courir après sa sœur. Le bailli et son fils voulurent l'accompagner. Ainsi la destinée conduisait à Paris presque tout ce canton de la Basse-Bretagne.

La belle Saint-Yves se doutait bien qu'on la suivrait. Elle était à cheval ; elle s'informait adroitement des courriers[2] s'ils n'avaient point rencontré un gros abbé, un énorme bailli, et un jeune benêt, qui couraient sur le chemin de Paris. Ayant appris au troisième jour qu'ils n'étaient pas loin, elle prit une route différente, et eut assez d'habileté et de bonheur pour arriver à Versailles tandis qu'on la cherchait inutilement dans Paris.

Mais comment se conduire à Versailles ? Jeune, belle, sans conseil, sans appui, inconnue, exposée à tout, comment oser chercher un garde du roi ? Elle imagina de s'adresser à un jésuite du bas étage[3] ; il y en avait pour toutes les conditions de la vie, comme Dieu, disaient-ils, a donné différentes nourritures aux diverses espèces d'animaux. Il avait donné au roi son confesseur[4], que

---

1. Selon la coutume, ces présents étaient des pièces d'or.
2. *Courriers* : messagers qui portent les dépêches officielles et, plus généralement, tous les utilisateurs de chevaux de poste. Parce qu'ils changent de chevaux à chaque relais, ils se déplacent plus rapidement que les autres voyageurs.
3. *Jésuite du bas étage* : jésuite exerçant son ministère auprès des gens de classes modestes.
4. *Son confesseur* : il s'agit du père de La Chaise (voir note 5, p. 65).

tous les solliciteurs de bénéfices appelaient *le chef de l'Église galli-*
115 *cane* ; ensuite venaient les confesseurs des princesses ; les ministres
n'en avaient point : ils n'étaient pas si sots. Il y avait les jésuites du
grand commun [1], et surtout les jésuites des femmes de chambre par
lesquelles on savait les secrets des maîtresses ; et ce n'était pas un
petit emploi. La belle Saint-Yves s'adressa à un de ces derniers, qui
120 s'appelait le père Tout-à-tous [2]. Elle se confessa à lui, lui exposa ses
aventures, son état, son danger, et le conjura de la loger chez
quelque bonne dévote qui la mît à l'abri des tentations.

Le père Tout-à-tous l'introduisit chez la femme d'un officier du
gobelet [3], l'une de ses plus affidées [4] pénitentes. Dès qu'elle y fut,
125 elle s'empressa de gagner la confiance et l'amitié de cette femme ;
elle s'informa du garde breton, et le fit prier de venir chez elle.
Ayant su de lui que son amant avait été enlevé après avoir parlé à
un premier commis, elle court chez ce commis ; la vue d'une belle
femme l'adoucit, car il faut convenir que Dieu n'a créé les femmes
130 que pour apprivoiser les hommes.

Le plumitif [5] attendri lui avoua tout. «Votre amant est à la
Bastille depuis près d'un an, et sans vous il y serait peut-être toute
sa vie. » La tendre Saint-Yves s'évanouit. Quand elle eut repris ses
sens, le plumitif lui dit : «Je suis sans crédit pour faire du bien ;

---

1. On appelle le «grand commun» les offices où mangent les gens attachés à
la maison du roi et le «petit commun» les offices où seuls quelques privilégiés
sont admis à venir prendre leur repas.
2. C'est à partir d'une expression tirée de l'ouvrage du philosophe et mathé-
maticien d'Alembert, intitulé *Sur la destruction des jésuites* (1765), que
Voltaire fabrique le nom, ou plutôt surnom, de ce personnage. Pour d'Alembert, le jésuite doit pouvoir se mettre entièrement au service des autres, suivant
en cela le précepte de saint Paul : «Je me suis fait tout à tous pour les sauver
tous» (Épître aux Corinthiens, 9, 22).
3. *Officier du gobelet* : nom donné au premier des sept officiers de la maison
du roi, chargé de s'occuper du pain, des fruits, du vin et du linge de table.
4. *Affidées* : à qui l'on peut se fier, se confier ; ici, fidèles.
5. *Le plumitif* : employé aux écritures. Ce terme désigne le commis de
M. Alexandre.

135 tout mon pouvoir se borne à faire du mal quelquefois. Croyez-
moi, allez chez M. de Saint-Pouange[1], qui fait le bien et le mal,
cousin et favori de monseigneur de Louvois. Ce ministre a deux
âmes : M. de Saint-Pouange en est une ; Mme du Belloy[2], l'autre ;
mais elle n'est pas à présent à Versailles ; il ne vous reste que de
140 fléchir le protecteur que je vous indique. »

La belle Saint-Yves, partagée entre un peu de joie et d'extrêmes
douleurs, entre quelque espérance et de tristes craintes, poursuivie
par son frère, adorant son amant, essuyant ses larmes et en versant encore, tremblante, affaiblie, et reprenant courage, courut
145 vite chez M. de Saint-Pouange.

Chapitre XIV

Progrès de l'esprit de l'Ingénu

L'Ingénu faisait des progrès rapides dans les sciences, et surtout dans la science de l'homme. La cause du développement
rapide de son esprit était due à son éducation sauvage presque
autant qu'à la trempe de son âme : car, n'ayant rien appris dans
5 son enfance, il n'avait point appris de préjugés. Son entendement[3], n'ayant point été courbé par l'erreur, était demeuré dans
toute sa rectitude[4]. Il voyait les choses comme elles sont, au lieu
que les idées qu'on nous donne dans l'enfance nous les font voir

---

1. *M. de Saint-Pouange* : ce personnage apparaît comme le principal colla-
borateur de Louvois, le premier commis de la Guerre. À travers lui, Voltaire
s'en prend au comte de Saint-Florentin (1705-1777), connu comme « fort bien
fait et débauché », qui fut secrétaire d'État sous Louis XV et Louis XVI.
2. *Mme du Belloy* : sous ce nom, il faut probablement reconnaître Mme du
Fresnoy, l'épouse d'un premier commis du secrétaire à la Guerre et maîtresse
de Louvois.
3. *Entendement* : intelligence, jugement.
4. *Rectitude* : justesse.

toute notre vie comme elles ne sont point. «Vos persécuteurs
10 sont abominables, disait-il à son ami Gordon. Je vous plains
d'être opprimé, mais je vous plains d'être janséniste. Toute secte
me paraît le ralliement de l'erreur. Dites-moi s'il y a des sectes en
géométrie ?

– Non, mon cher enfant, lui dit en soupirant le bon Gordon ;
15 tous les hommes sont d'accord sur la vérité quand elle est démon-
trée, mais ils sont trop partagés sur les vérités obscures.

– Dites sur les faussetés obscures. S'il y avait eu une seule vérité
cachée dans vos amas d'arguments qu'on ressasse depuis tant de
siècles, on l'aurait découverte sans doute ; et l'univers aurait été
20 d'accord au moins sur ce point-là. Si cette vérité était nécessaire
comme le soleil l'est à la terre, elle serait brillante comme lui. C'est
une absurdité, c'est un outrage au genre humain, c'est un attentat
contre l'Être infini et suprême de dire : Il y a une vérité essentielle à
l'homme, et Dieu l'a cachée. »

25 Tout ce que disait ce jeune homme ignorant, instruit par la
nature, faisait une impression profonde sur l'esprit du vieux
savant infortuné. «Serait-il bien vrai, s'écria-t-il, que je me fusse
rendu malheureux pour des chimères[1] ? Je suis bien plus sûr de
mon malheur que de la grâce efficace. J'ai consumé mes jours à
30 raisonner sur la liberté de Dieu et du genre humain ; mais j'ai
perdu la mienne, ni saint Augustin ni saint Prosper[2] ne me tire-
ront de l'abîme où je suis. »

L'Ingénu, livré à son caractère, dit enfin : «Voulez-vous que je
vous parle avec une confiance hardie ? Ceux qui se font persécuter
35 pour ces vaines disputes de l'école me semblent peu sages ; ceux
qui persécutent me paraissent des monstres. »

Les deux captifs étaient fort d'accord sur l'injustice de leur
captivité. «Je suis cent fois plus à plaindre que vous, disait
l'Ingénu ; je suis né libre comme l'air ; j'avais deux vies, la liberté

---

1. *Chimères* : illusions.
2. *Saint Prosper* (390-455 ou 463) : théologien, disciple de saint Augustin
(voir note 3, p. 30) dont se sont aussi réclamés les jansénistes.

et l'objet de mon amour : on me les ôte. Nous voici tous deux
dans les fers, sans en savoir la raison et sans pouvoir la demander. J'ai vécu Huron vingt ans ; on dit que ce sont des barbares,
parce qu'ils se vengent de leurs ennemis ; mais ils n'ont jamais
opprimé leurs amis. À peine ai-je mis le pied en France, que j'ai
versé mon sang pour elle ; j'ai peut-être sauvé une province, et
pour récompense je suis englouti dans ce tombeau des vivants,
où je serais mort de rage sans vous. Il n'y a donc point de lois
dans ce pays ? On condamne les hommes sans les entendre ! Il
n'en est pas ainsi en Angleterre[1]. Ah ! ce n'était pas contre les
Anglais que je devais me battre. » Ainsi sa philosophie naissante
ne pouvait dompter la nature outragée dans le premier de ses
droits, et laissait un libre cours à sa juste colère.

Son compagnon ne le contredit point. L'absence augmente
toujours l'amour qui n'est pas satisfait, et la philosophie ne le
diminue pas. Il parlait aussi souvent de sa chère Saint-Yves que
de morale et de métaphysique. Plus ses sentiments s'épuraient, et
plus il aimait. Il lut quelques romans nouveaux ; il en trouva peu
qui lui peignissent la situation de son âme. Il sentait que son cœur
allait toujours au-delà de ce qu'il lisait. « Ah ! disait-il, presque
tous ces auteurs-là n'ont que de l'esprit et de l'art. » Enfin le bon
prêtre janséniste devenait insensiblement le confident de sa tendresse. Il ne connaissait l'amour auparavant que comme un péché
dont on s'accuse en confession. Il apprit à le connaître comme un
sentiment aussi noble que tendre, qui peut élever l'âme autant que
l'amollir, et produire même quelquefois des vertus. Enfin, pour
dernier prodige, un Huron convertissait un janséniste.

---

1. « Voici à quoi la législation anglaise est enfin parvenue, écrit Voltaire dans
son article "Gouvernement" du *Dictionnaire philosophique* : à remettre chaque
homme dans tous les droits de la nature, dont ils sont dépouillés dans presque
toutes les monarchies. Ces droits sont : liberté entière de sa personne, de ses
biens ; de parler à la nation par l'organe de sa plume ; de ne pouvoir être jugé
en matière criminelle que par un jury formé d'hommes indépendants ; de ne
pouvoir être jugé en aucun cas que suivant les termes précis de la loi ; de
professer en paix quelque religion qu'on veuille […]. »

Chapitre XV

La belle Saint-Yves résiste
à des propositions délicates

La belle Saint-Yves, plus tendre encore que son amant, alla donc chez M. de Saint-Pouange, accompagnée de l'amie chez qui elle logeait, toutes deux cachées dans leurs coiffes [1]. La première chose qu'elle vit à la porte ce fut l'abbé de Saint-Yves, son frère, qui en sortait. Elle fut intimidée ; mais la dévote [2] amie la rassura. « C'est précisément parce qu'on a parlé contre vous qu'il faut que vous parliez. Soyez sûre que dans ce pays les accusateurs ont toujours raison si on ne se hâte de les confondre [3]. Votre présence d'ailleurs, ou je me trompe fort, fera plus d'effet que les paroles de votre frère. »

Pour peu qu'on encourage une amante passionnée, elle est intrépide. La Saint-Yves se présente à l'audience [4]. Sa jeunesse, ses charmes, ses yeux tendres, mouillés de quelques pleurs, attirèrent tous les regards. Chaque courtisan du sous-ministre oublia un moment l'idole du pouvoir pour contempler celle de la beauté. Le Saint-Pouange la fit entrer dans un cabinet [5] ; elle parla avec attendrissement et avec grâce. Saint-Pouange se sentit touché. Elle tremblait, il la rassura. « Revenez ce soir, lui dit-il ; vos affaires méritent qu'on y pense et qu'on en parle à loisir ; il y a ici trop de monde ;

---

1. Coiffes : sortes de voiles en toile ou en tissu léger dont les femmes de la bourgeoisie et de la noblesse se recouvrent la tête pour sortir et qu'elles portent sous leurs mantilles.

2. Dévote : dévouée à Dieu.

3. Confondre : démasquer.

4. Audience : entretien accordé par Saint-Pouange.

5. Cabinet : bureau retiré.

20 on expédie les audiences trop rapidement : il faut que je vous
entretienne à fond de tout ce qui vous regarde. » Ensuite, ayant
fait l'éloge de sa beauté et de ses sentiments, il lui recommanda de
venir à sept heures du soir.

Elle n'y manqua pas ; la dévote amie l'accompagna encore,
25 mais elle se tint dans le salon, et lut le *Pédagogue chrétien*[1],
pendant que le Saint-Pouange et la belle Saint-Yves étaient dans
l'arrière-cabinet. « Croiriez-vous bien, mademoiselle, lui dit-il
d'abord, que votre frère est venu me demander une lettre de
cachet contre vous ? En vérité j'en expédierais plutôt une pour le
30 renvoyer en Basse-Bretagne.

– Hélas ! monsieur, on est donc bien libéral de lettres de
cachet dans vos bureaux, puisqu'on en vient solliciter du fond
du royaume, comme des pensions. Je suis bien loin d'en demander une contre mon frère. J'ai beaucoup à me plaindre de lui,
35 mais je respecte la liberté des hommes ; je demande celle d'un
homme que je veux épouser, d'un homme à qui le roi doit la
conservation d'une province, qui peut le servir utilement, et qui
est fils d'un officier tué à son service. De quoi est-il accusé ?
Comment a-t-on pu le traiter si cruellement sans l'entendre ? »
40 Alors le sous-ministre lui montra la lettre du jésuite espion et
celle du perfide bailli. « Quoi ! il y a de pareils monstres sur la
terre ! et on veut me forcer ainsi à épouser le fils ridicule d'un
homme ridicule et méchant ! et c'est sur de pareils avis qu'on
décide ici de la destinée des citoyens ! » Elle se jeta à genoux, elle
45 demanda avec des sanglots la liberté du brave homme qui l'adorait. Ses charmes dans cet état parurent dans leur plus grand
avantage. Elle était si belle que le Saint-Pouange, perdant toute
honte, lui insinua qu'elle réussirait si elle commençait par lui
donner les prémices de ce qu'elle réservait à son amant[2]. La

---

1. *Pédagogue chrétien* (1929) : traité destiné à l'éducation des religieux écrit
par le père d'Outreman (1585-1652) et raillé par Voltaire dans son *Dictionnaire philosophique*.
2. *Les prémices de ce qu'elle réservait à son amant* : sa virginité.

Saint-Yves, épouvantée et confuse, feignit longtemps de ne le pas entendre[1] ; il fallut s'expliquer plus clairement. Un mot lâché d'abord avec une retenue en produisit un plus fort, suivi d'un autre plus expressif. On offrit non seulement la révocation de la lettre de cachet, mais des récompenses, de l'argent, des honneurs, des établissements[2] ; et plus on promettait, plus le désir de n'être pas refusé augmentait.

La Saint-Yves pleurait, elle était suffoquée, à demi renversée sur un sofa, croyant à peine ce qu'elle voyait, ce qu'elle entendait. Le Saint-Pouange, à son tour, se jeta à ses genoux. Il n'était pas sans agréments, et aurait pu ne pas effaroucher un cœur moins prévenu ; mais Saint-Yves adorait son amant, et croyait que c'était un crime horrible de le trahir pour le servir. Saint-Pouange redoublait les prières et les promesses : enfin la tête lui tourna au point qu'il lui déclara que c'était le seul moyen de tirer de sa prison l'homme auquel elle prenait un intérêt si violent et si tendre. Cet étrange entretien se prolongeait. La dévote de l'antichambre, en lisant son *Pédagogue chrétien*, disait : «Mon Dieu ! que peuvent-ils faire là depuis deux heures ? Jamais monseigneur de Saint-Pouange n'a donné une si longue audience ; peut-être qu'il a tout refusé à cette pauvre fille, puisqu'elle le prie encore. »

Enfin sa compagne sortit de l'arrière-cabinet, tout éperdue, sans pouvoir parler, réfléchissant profondément sur le caractère des grands et des demi-grands, qui sacrifient si légèrement la liberté des hommes et l'honneur des femmes.

Elle ne dit pas un mot pendant tout le chemin. Arrivée chez l'amie, elle éclata, elle lui conta tout. La dévote fit de grands signes de croix. «Ma chère amie, il faut consulter dès demain le père Tout-à-tous, notre directeur[3] ; il a beaucoup de crédit auprès de M. de Saint-Pouange ; il confesse plusieurs servantes de sa maison ; c'est un homme pieux et accommodant, qui dirige aussi

---

1. *Entendre* : comprendre.
2. *Établissements* : situations dans la société.
3. *Directeur* : ici, directeur de conscience, confesseur.

des femmes de qualité[1] : abandonnez-vous à lui, c'est ainsi que
j'en use, je m'en suis toujours bien trouvée. Nous autres, pauvres
femmes, nous avons besoin d'être conduites par un homme.

– Eh bien donc ! ma chère amie, j'irai trouver demain le père
Tout-à-tous. »

Chapitre XVI

Elle consulte un jésuite

Dès que la belle et désolée Saint-Yves fut avec son bon confesseur, elle lui confia qu'un homme puissant et voluptueux[2] lui
proposait de faire sortir de prison celui qu'elle devait épouser
légitimement, et qu'il demandait un grand prix de son service ;
qu'elle avait une répugnance horrible pour une telle infidélité, et
que, s'il ne s'agissait que de sa propre vie, elle la sacrifierait plutôt
que de succomber.

« Voilà un abominable pécheur ! lui dit le père Tout-à-tous.
Vous devriez bien me dire le nom de ce vilain homme : c'est à
coup sûr quelque janséniste ; je le dénoncerai à Sa révérence le
père de La Chaise, qui le fera mettre dans le gîte[3] où est à présent
la chère personne que vous devez épouser. »

La pauvre fille, après un long embarras et de grandes irréso-
lutions, lui nomma enfin Saint-Pouange.

« Monseigneur de Saint-Pouange ! s'écria le jésuite ; ah ! ma fille,
c'est tout autre chose ; il est cousin du plus grand ministre[4] que nous
ayons jamais eu, homme de bien, protecteur de la bonne cause[5],

---

1. *Femmes de qualité* : femmes nobles.
2. *Voluptueux* : qui recherche la volupté.
3. *Le gîte* : la Bastille.
4. *Plus grand ministre* : périphrase désignant Louvois.
5. *La bonne cause* : la cause des jésuites.

bon chrétien ; il ne peut avoir eu une telle pensée ; il faut que vous ayez mal entendu. – Ah ! mon père, je n'ai entendu que trop bien ; je
20 suis perdue, quoi que je fasse ; je n'ai que le choix du malheur et de la honte : il faut que mon amant reste enseveli tout vivant, ou que je me rende indigne de vivre. Je ne puis le laisser périr, et je ne puis le sauver. »

Le père Tout-à-tous tâcha de la calmer par ces douces paroles :

25 « Premièrement, ma fille, ne dites jamais ce mot *mon amant* ; il y a quelque chose de mondain qui pourrait offenser Dieu. Dites *mon mari* ; car, bien qu'il ne le soit pas encore, vous le regardez comme tel ; et rien n'est plus honnête [1].

« Secondairement, bien qu'il soit votre époux en idée, en espé-
30 rance, il ne l'est pas en effet [2] : ainsi vous ne commettriez pas un adultère, péché énorme qu'il faut toujours éviter autant qu'il est possible.

« Troisièmement, les actions ne sont pas d'une malice de coulpe quand l'intention est pure [3], et rien n'est plus pur que de
35 délivrer votre mari.

« Quatrièmement, vous avez des exemples dans la sainte antiquité, qui peuvent merveilleusement servir à votre conduite. Saint Augustin rapporte que sous le proconsulat de Septimius Acindynus, en l'an 340 de notre salut, un pauvre homme, ne pou-
40 vant payer à César ce qui appartenait à César [4], fut condamné à mort, comme il est juste, malgré la maxime : *Où il n'y a rien le roi perd ses droits*. Il s'agissait d'une livre d'or ; le condamné avait une femme en qui Dieu avait mis la beauté et la prudence. Un vieux richard promit de donner une livre d'or, et même plus, à la dame, à

---

1. *Honnête* : convenable, bienséant.
2. *En effet* : en réalité.
3. *Les actions ne sont pas d'une malice de coulpe quand l'intention est pure* : les actions, même mauvaises, quand elles sont guidées par une intention pure, ne sont pas péché. Voltaire ironise ici sur les raisonnements que tiennent les directeurs de conscience jésuites.
4. *Ce qui appartenait à César* : un impôt.

45 condition qu'il commettrait avec elle le péché immonde. La dame
ne crut point mal faire en sauvant la vie à son mari. Saint Augustin
approuve fort sa généreuse résignation. Il est vrai que le vieux
richard la trompa, et peut-être même son mari n'en fut pas moins
pendu ; mais elle avait fait tout ce qui était en elle pour sauver sa vie.

50 « Soyez sûre, ma fille, que quand un jésuite vous cite saint
Augustin, il faut que ce saint ait pleinement raison [1]. Je ne vous
conseille rien, vous êtes sage ; il est à présumer que vous serez
utile à votre mari. Monseigneur de Saint-Pouange est un honnête
homme, il ne vous trompera pas : c'est tout ce que je puis vous
55 dire ; je prierai Dieu pour vous, et j'espère que tout se passera à
sa plus grande gloire [2]. »

La belle Saint-Yves, non moins effrayée des discours du jésuite
que des propositions du sous-ministre, s'en retourna éperdue chez
son amie. Elle était tentée de se délivrer, par la mort, de l'horreur
60 de laisser dans une captivité affreuse l'amant qu'elle adorait, et de
la honte de le délivrer au prix de ce qu'elle avait de plus cher, et qui
ne devait appartenir qu'à cet amant infortuné.

Chapitre XVII

Elle succombe par vertu

Elle priait son amie de la tuer ; mais cette femme, non moins
indulgente [3] que le jésuite, lui parla plus clairement encore.
« Hélas ! dit-elle, les affaires ne se font guère autrement dans cette

---

1. Depuis la parution de l'*Augustinus* de Jansénius, qui a ouvert la querelle
entre jansénistes et jésuites sur la doctrine de la grâce, saint Augustin est la
référence des jansénistes.
2. Allusion à la devise des jésuites, *Ad majorem Dei gloriam* (« Pour la plus
grande gloire de Dieu »). Les publications de l'ordre portaient le sigle AMDG.
3. *Indulgente* : compréhensive.

cour si aimable, si galante, et si renommée. Les places les plus
médiocres et les plus considérables n'ont souvent été données
qu'au prix qu'on exige de vous. Écoutez, vous m'avez inspiré de
l'amitié et de la confiance ; je vous avouerai que si j'avais été
aussi difficile[1] que vous l'êtes, mon mari ne jouirait pas du petit
poste qui le fait vivre ; il le sait, et loin d'en être fâché, il voit en
moi sa bienfaitrice, et il se regarde comme ma créature. Pensez-
vous que tous ceux qui ont été à la tête des provinces, ou même
des armées, aient dû leurs honneurs et leur fortune à leurs seuls
services ? Il en est qui en sont redevables à mesdames leurs
femmes. Les dignités de la guerre ont été sollicitées par l'amour,
et la place a été donnée au mari de la plus belle.

« Vous êtes dans une situation bien plus intéressante[2] : il s'agit
de rendre votre amant au jour et de l'épouser ; c'est un devoir sacré
qu'il vous faut remplir. On n'a point blâmé les belles et grandes
dames dont je vous parle ; on vous applaudira, on dira que vous
ne vous êtes permis une faiblesse que par un excès de vertu.

– Ah ! quelle vertu ! s'écria la belle Saint-Yves ; quel labyrinthe d'iniquités[3] ! quel pays ! et que j'apprends à connaître les
hommes ! Un père de La Chaise et un bailli ridicule font mettre
mon amant en prison, ma famille me persécute, on ne me tend la
main dans mon désastre que pour me déshonorer. Un jésuite a
perdu un brave homme, un autre jésuite veut me perdre ; je ne
suis entourée que de pièges, et je touche au moment de tomber
dans la misère. Il faut que je me tue, ou que je parle au roi ; je me
jetterai à ses pieds sur son passage, quand il ira à la messe ou à la
comédie[4].

– On ne vous laissera pas approcher, lui dit sa bonne amie ;
et si vous aviez le malheur de parler, mons de Louvois et le

---

1. **Difficile** : scrupuleuse.
2. **Intéressante** : ici, importante.
3. **Iniquités** : injustices.
4. **À la comédie** : au théâtre.

révérend père de La Chaise pourraient vous enterrer dans le fond d'un couvent pour le reste de vos jours. »

35 Tandis que cette brave personne augmentait ainsi les perplexités [1] de cette âme désespérée, et enfonçait le poignard dans son cœur, arrive un exprès [2] de M. de Saint-Pouange avec une lettre et deux beaux pendants d'oreilles. Saint-Yves rejeta le tout en pleurant ; mais l'amie s'en chargea.

40 Dès que le messager fut parti, notre confidente lit la lettre dans laquelle on propose un petit souper aux deux amies pour le soir. Saint-Yves jure qu'elle n'ira point. La dévote veut lui essayer les deux boucles de diamants. Saint-Yves ne le put souffrir. Elle combattit la journée entière. Enfin, n'ayant en vue que son
45 amant, vaincue, entraînée, ne sachant où on la mène, elle se laisse conduire au souper fatal. Rien n'avait pu la déterminer à se parer de ses pendants d'oreilles ; la confidente les apporta, elle les lui ajusta malgré elle avant qu'on se mît à table. Saint-Yves était si confuse, si troublée, qu'elle se laissait tourmenter ; et le
50 patron en tirait un augure très favorable. Vers la fin du repas, la confidente se retira discrètement. Le patron montra alors la révocation de la lettre de cachet, le brevet [3] d'une gratification considérable, celui d'une compagnie [4], et n'épargna pas les promesses. « Ah ! lui dit Saint-Yves, que je vous aimerais si vous ne vouliez
55 pas être tant aimé ! »

Enfin, après une longue résistance, après des sanglots, des cris, des larmes, affaiblie du combat, éperdue, languissante, il

---

1. *Perplexités* : tourments.

2. *Exprès* : messager.

3. *Brevet* : document prouvant que la gratification a été accordée. « Sorte d'expédition non scellée, par laquelle le Roi accorde quelque grâce, ou quelque titre de dignité » (*Dictionnaire de l'Académie*, 1762).

4. *Compagnie* : corps de soldats. On ne sait pas de quel type de compagnie il s'agit. On apprendra seulement que l'Ingénu fera un « excellent officier » (chapitre XX).

fallut se rendre. Elle n'eut d'autre ressource que de se promettre
de ne penser qu'à l'Ingénu, tandis que le cruel jouirait impitoya-
60 blement de la nécessité où elle était réduite.

Chapitre XVIII

Elle délivre son amant et un janséniste

Au point du jour elle vole à Paris, munie de l'ordre du
ministre. Il est difficile de peindre ce qui se passait dans son cœur
pendant ce voyage. Qu'on imagine une âme vertueuse et noble,
humiliée de son opprobre[1], enivrée de tendresse, déchirée des
5 remords d'avoir trahi son amant, pénétrée du plaisir de délivrer
ce qu'elle adore[2] ! Ses amertumes, ses combats, son succès, par-
tageaient toutes ses réflexions. Ce n'était plus cette fille simple
dont une éducation provinciale avait rétréci les idées. L'amour et
le malheur l'avaient formée. Le sentiment avait fait autant de
10 progrès en elle que la raison en avait fait dans l'esprit de son
amant fortuné. Les filles apprennent à sentir plus aisément que
les hommes n'apprennent à penser. Son aventure était plus instructive que quatre ans de couvent.

Son habit était d'une simplicité extrême. Elle voyait avec hor-
15 reur les ajustements[3] sous lesquels elle avait paru devant son
funeste[4] bienfaiteur ; elle avait laissé ses boucles de diamants à
sa compagne sans même les regarder. Confuse et charmée, idolâtre[5] de l'Ingénu, et se haïssant elle-même, elle arrive enfin à la
porte.

---

1. *Opprobre* : honte.
2. *Ce* : celui (voir note 4, p. 55).
3. *Ajustements* : vêtements.
4. *Funeste* : misérable.
5. *Idolâtre* : qui adore.

20 De cet affreux château, palais de la vengeance,
Qui renferma souvent le crime et l'innocence[1].

Quand il fallut descendre du carrosse, les forces lui man-
quèrent ; on l'aida ; elle entra, le cœur palpitant, les yeux humides,
le front consterné. On la présente au gouverneur ; elle veut lui
25 parler, sa voix expire ; elle montre son ordre en articulant à peine
quelques paroles. Le gouverneur aimait son prisonnier[2] ; il fut très
aise de sa délivrance. Son cœur n'était pas endurci comme celui
de quelques honorables geôliers ses confrères, qui, ne pensant
qu'à la rétribution attachée à la garde de leurs captifs, fondant
30 leurs revenus sur leurs victimes, et vivant du malheur d'autrui, se
faisaient en secret une joie affreuse des larmes des infortunés.

Il fait venir le prisonnier dans son appartement. Les deux
amants se voient, et tous deux s'évanouissent. La belle Saint-
Yves resta longtemps sans mouvement et sans vie : l'autre rap-
35 pela bientôt son courage[3]. « C'est apparemment là madame votre
femme, lui dit le gouverneur ; vous ne m'aviez point dit que vous
fussiez marié. On me mande[4] que c'est à ses soins généreux que
vous devez votre délivrance.

– Ah ! je ne suis pas digne d'être sa femme », dit la belle Saint-
40 Yves d'une voix tremblante ; et elle retomba encore en faiblesse.

Quand elle eut repris ses sens, elle présenta, toujours tremblante, le brevet de la gratification, et la promesse par écrit d'une
compagnie. L'Ingénu, aussi étonné qu'attendri, s'éveillait d'un
songe pour retomber dans un autre. « Pourquoi ai-je été enfermé
45 ici ? Comment avez-vous pu m'en tirer ? Où sont les monstres

---

1. Ces deux vers sont tirés de *La Henriade* (1723, chant IV, v. 456-457), le
poème épique que Voltaire a composé durant son premier séjour à la Bastille.
2. À cette époque, le gouverneur de la Bastille est Cinq-Mars. La Bastille
n'était pas une prison comme les autres mais un château qui était la propriété
du roi. Les prisonniers pouvaient être de grands personnages. Aussi le
gouverneur entretenait-il souvent avec eux des relations assez cordiales.
3. *Rappela bientôt son courage* : reprit ses esprits.
4. *On me mande* : on m'informe.

qui m'y ont plongé ? Vous êtes une divinité qui descendez du ciel à mon secours. »

La belle Saint-Yves baissait la vue, regardait son amant, rougissait et détournait, le moment d'après, ses yeux mouillés de pleurs.
50 Elle lui apprit enfin tout ce qu'elle savait, et tout ce qu'elle avait éprouvé, excepté ce qu'elle aurait voulu se cacher pour jamais, et ce qu'un autre que l'Ingénu, plus accoutumé au monde et plus instruit des usages de la cour, aurait deviné facilement.

« Est-il possible qu'un misérable comme ce bailli ait eu le pou-
55 voir de me ravir ma liberté ? Ah ! je vois bien qu'il en est des hommes comme des plus vils animaux ; tous peuvent nuire. Mais est-il possible qu'un moine, un jésuite confesseur du roi[1], ait contribué à mon infortune autant que ce bailli, sans que je puisse imaginer sous quel prétexte ce détestable fripon m'a persécuté ?
60 M'a-t-il fait passer pour un janséniste ? Enfin, comment vous êtes-vous souvenue de moi ? je ne le méritais pas, je n'étais alors qu'un sauvage. Quoi ? vous avez pu, sans conseil, sans secours, entreprendre le voyage de Versailles ! Vous y avez paru, et on a brisé mes fers ! Il est donc dans la beauté et dans la vertu un
65 charme invincible qui fait tomber les portes de fer, et qui amollit les cœurs de bronze ! »

À ce mot de vertu, des sanglots échappèrent à la belle Saint-Yves. Elle ne savait pas combien elle était vertueuse dans le crime qu'elle se reprochait.
70 Son amant continua ainsi : « Ange, qui avez rompu mes liens, si vous avez eu (ce que je ne comprends pas encore) assez de crédit pour me faire rendre justice, faites-la donc rendre aussi à un vieillard qui m'a le premier appris à aimer. La calamité[2] nous a unis ; je l'aime comme un père, je ne peux vivre ni sans vous ni
75 sans lui.

– Moi ! que je sollicite le même homme qui...

---

1. *Un jésuite confesseur du roi* : voir note 5, p. 65.
2. *Calamité* : malheur.

– Oui, je veux tout vous devoir, et je ne veux devoir jamais rien qu'à vous : écrivez à cet homme puissant ; comblez-moi de vos bienfaits, achevez ce que vous avez commencé, achevez vos
80 prodiges. » Elle sentait qu'elle devait faire tout ce que son amant exigeait : elle voulut écrire, sa main ne pouvait obéir. Elle recommença trois fois sa lettre, la déchira trois fois ; elle écrivit enfin, et les deux amants sortirent après avoir embrassé le vieux martyr de la grâce efficace[1].

85 L'heureuse et désolée Saint-Yves savait dans quelle maison logeait son frère ; elle y alla ; son amant prit un appartement dans la même maison.

À peine y furent-ils arrivés que son protecteur[2] lui envoya l'ordre de l'élargissement[3] du bonhomme Gordon, et lui de-
90 manda un rendez-vous pour le lendemain. Ainsi, à chaque action honnête et généreuse qu'elle faisait, son déshonneur en était le prix. Elle regardait avec exécration[4] cet usage de vendre le malheur et le bonheur des hommes. Elle donna l'ordre de l'élargissement à son amant, et refusa le rendez-vous d'un bienfaiteur
95 qu'elle ne pouvait plus voir sans expirer de douleur et de honte. L'Ingénu ne pouvait se séparer d'elle que pour aller délivrer un ami : il y vola. Il remplit ce devoir en réfléchissant sur les étranges événements de ce monde, et en admirant la vertu courageuse d'une jeune fille à qui deux infortunés devaient plus que la vie.

---

1. *Le vieux martyr de la grâce efficace* : périphrase désignant Gordon.
2. *Son protecteur* : il s'agit de Saint-Pouange.
3. *Élargissement* : libération.
4. *Exécration* : horreur.

Chapitre XIX

L'Ingénu, la belle Saint-Yves,
et leurs parents sont rassemblés

La généreuse et respectable infidèle était avec son frère l'abbé de Saint-Yves, le bon prieur de la Montagne, et la dame de Kerkabon. Tous étaient également étonnés ; mais leur situation et leurs sentiments étaient bien différents. L'abbé de Saint-Yves
5 pleurait ses torts aux pieds de sa sœur, qui lui pardonnait. Le prieur et sa tendre sœur pleuraient aussi, mais de joie ; le vilain bailli et son insupportable fils ne troublaient point cette scène touchante. Ils étaient partis au premier bruit de l'élargissement de leur ennemi ; ils couraient ensevelir dans leur province leur
10 sottise et leur crainte.

Les quatre personnages, agités de cent mouvements divers, attendaient que le jeune homme revînt avec l'ami qu'il devait délivrer. L'abbé de Saint-Yves n'osait lever les yeux devant sa sœur ; la bonne Kerkabon disait : « Je reverrai donc mon cher
15 neveu !

– Vous le reverrez, dit la charmante Saint-Yves, mais ce n'est plus le même homme ; son maintien, son ton, ses idées, son esprit, tout est changé. Il est devenu aussi respectable qu'il était naïf et étranger à tout. Il sera l'honneur et la consolation de votre famille ;
20 que ne puis-je être aussi l'honneur de la mienne !

– Vous n'êtes point non plus la même, dit le prieur ; que vous est-il donc arrivé qui ait fait en vous un si grand changement ? »

Au milieu de cette conversation l'Ingénu arrive, tenant par la main son janséniste. La scène alors devint plus neuve et plus inté-
25 ressante. Elle commença par les tendres embrassements de l'oncle et de la tante. L'abbé de Saint-Yves se mettait presque aux genoux

de l'Ingénu, qui n'était plus l'Ingénu. Les deux amants se parlaient par des regards qui exprimaient tous les sentiments dont ils étaient pénétrés. On voyait éclater la satisfaction, la reconnaissance, sur le
30 front de l'un ; l'embarras était peint dans les yeux tendres et un peu égarés de l'autre. On était étonné qu'elle mêlât de la douleur à tant de joie.

Le vieux Gordon devint en peu de moments cher à toute la famille. Il avait été malheureux avec le jeune prisonnier, et c'était
35 un grand titre. Il devait sa délivrance aux deux amants, cela seul le réconciliait avec l'amour ; l'âpreté[1] de ses anciennes opinions sortait de son cœur : il était changé en homme, ainsi que le Huron. Chacun raconta ses aventures avant le souper. Les deux abbés, la tante, écoutaient comme des enfants qui entendent des histoires
40 de revenants, et comme des hommes qui s'intéressaient tous à tant de désastres. « Hélas ! dit Gordon, il y a peut-être plus de cinq cents personnes vertueuses qui sont à présent dans les mêmes fers que Mlle de Saint-Yves a brisés : leurs malheurs sont inconnus. On trouve assez de mains qui frappent sur la foule des malheureux, et
45 rarement une secourable. » Cette réflexion si vraie augmentait sa sensibilité et sa reconnaissance : tout redoublait le triomphe de la belle Saint-Yves ; on admirait la grandeur et la fermeté de son âme. L'admiration était mêlée de ce respect qu'on sent malgré soi pour une personne qu'on croit avoir du crédit à la cour. Mais l'abbé de
50 Saint-Yves disait quelquefois : « Comment ma sœur a-t-elle pu faire pour obtenir sitôt ce crédit ? »

On allait se mettre à table de très bonne heure. Voilà que la bonne amie de Versailles arrive, sans rien savoir de tout ce qui s'était passé ; elle était en carrosse à six chevaux, et on voit bien à
55 qui appartenait l'équipage. Elle entre avec l'air imposant d'une personne de cour qui a de grandes affaires, salue très légèrement la compagnie, et tirant la belle Saint-Yves à l'écart : « Pourquoi vous faire tant attendre ? Suivez-moi ; voilà vos diamants que

---

1. *Âpreté* : extrême rigueur, sévérité.

vous aviez oubliés.» Elle ne put dire ces paroles si bas que
60 l'Ingénu ne les entendît : il vit les diamants ; le frère fut interdit [1] ;
l'oncle et la tante n'éprouvèrent qu'une surprise de bonnes gens
qui n'avaient jamais vu une telle magnificence. Le jeune homme,
qui s'était formé par un an de réflexions, en fit malgré lui, et
parut troublé un moment. Son amante s'en aperçut ; une pâleur
65 mortelle se répandit sur son beau visage, un frisson la saisit, elle
se soutenait à peine. « Ah ! madame, dit-elle à la fatale amie, vous
m'avez perdue ! vous me donnez la mort ! » Ces paroles percèrent
le cœur de l'Ingénu ; mais il avait déjà appris à se posséder [2] ; il
ne les releva point, de peur d'inquiéter sa maîtresse devant son
70 frère ; mais il pâlit comme elle.

Saint-Yves, éperdue de l'altération [3] qu'elle apercevait sur le
visage de son amant, entraîne cette femme hors de la chambre
dans un petit passage, jette les diamants à terre devant elle. « Ah !
ce ne sont pas eux qui m'ont séduite, vous le savez ; mais celui
75 qui les a donnés ne me reverra jamais. » L'amie les ramassait, et
Saint-Yves ajoutait : « Qu'il les reprenne ou qu'il vous les donne ;
allez, ne me rendez plus honteuse de moi-même. » L'ambassadrice
enfin s'en retourna, ne pouvant comprendre les remords dont elle
était témoin.

80 La belle Saint-Yves, oppressée, éprouvant dans son corps une
révolution [4] qui la suffoquait, fut obligée de se mettre au lit ; mais
pour n'alarmer personne elle ne parla point de ce qu'elle souffrait,
et, ne prétextant que sa lassitude, elle demanda la permission de
prendre du repos ; mais ce fut après avoir rassuré la compagnie
85 par des paroles consolantes et flatteuses, et jeté sur son amant des
regards qui portaient le feu dans son âme.

Le souper, qu'elle n'aimait pas, fut triste dans le commencement, mais de cette tristesse intéressante qui fournit des

---

1. *Interdit* : stupéfait.
2. *Se posséder* : se contenir, se maîtriser.
3. *Altération* : trouble.
4. *Révolution* : bouleversement.

conversations attachantes et utiles, si supérieures à la frivole joie
90 qu'on recherche, et qui n'est d'ordinaire qu'un bruit importun.

Gordon fit en peu de mots l'histoire du jansénisme et du molinisme[1], des persécutions dont un parti accablait l'autre, et de
l'opiniâtreté de tous les deux. L'Ingénu en fit la critique, et plai-
gnit les hommes qui, non contents de tant de discordes que leurs
95 intérêts allument, se font de nouveaux maux pour des intérêts
chimériques, et pour des absurdités inintelligibles. Gordon
racontait, l'autre jugeait; les convives écoutaient avec émotion,
et s'éclairaient d'une lumière nouvelle. On parla de la longueur
de nos infortunes et de la brièveté de la vie. On remarqua que
100 chaque profession a un vice et un danger qui lui sont attachés,
et que, depuis le prince jusqu'au dernier des mendiants, tout
semble accuser la nature. Comment se trouve-t-il tant d'hommes
qui, pour si peu d'argent, se font les persécuteurs, les satellites[2],
les bourreaux des autres hommes? Avec quelle indifférence inhu-
105 maine un homme en place signe la destruction d'une famille, et
avec quelle joie plus barbare des mercenaires l'exécutent[3]!

«J'ai vu dans ma jeunesse, dit le bonhomme Gordon, un
parent du maréchal de Marillac[4], qui, étant poursuivi dans sa
province pour la cause de cet illustre malheureux, se cachait dans
110 Paris sous un nom supposé[5]. C'était un vieillard de soixante et
douze ans. Sa femme, qui l'accompagnait, était à peu près de son
âge. Ils avaient eu un fils libertin[6] qui, à l'âge de quatorze ans,

---

1. *Molinisme* : doctrine inspirée du père jésuite espagnol Luis Molina (1536-
1600), pour qui la prédestination est conciliable avec le libre arbitre. En cela,
cette doctrine diffère de celle des jansénistes.

2. *Satellites* : hommes de main.

3. Voltaire vise ici Saint-Florentin (voir note 1, p. 89) qui a fait délivrer
d'innombrables lettres de cachet et qui a orchestré de nombreuses persécutions au cours des années qui ont précédé la composition de *L'Ingénu*.

4. *Maréchal de Marillac* (1573-1632) : ennemi du cardinal de Richelieu
que celui-ci fit arrêter, emprisonner et décapiter en 1632.

5. *Un nom supposé* : un faux nom.

6. *Libertin* : ici, débauché.

s'était enfui de la maison paternelle : devenu soldat, puis déserteur, il avait passé par tous les degrés de la débauche et de
115 la misère ; enfin, ayant pris un nom de terre[1], il était dans les gardes du cardinal de Richelieu[2] (car ce prêtre, ainsi que le Mazarin[3], avait des gardes) ; il avait obtenu un bâton d'exempt[4] dans cette compagnie de satellites. Cet aventurier fut chargé d'arrêter le vieillard et son épouse, et s'en acquitta avec toute la
120 dureté d'un homme qui voulait plaire à son maître. Comme il les conduisait, il entendit ces deux victimes déplorer la longue suite des malheurs qu'elles avaient éprouvés depuis leur berceau. Le père et la mère comptaient parmi leurs plus grandes infortunes les égarements et la perte de leur fils. Il les reconnut ; il ne les
125 conduisit pas moins en prison, en les assurant que Son Éminence[5] devait être servie de préférence à tout. Son éminence récompensa son zèle.

« J'ai vu un espion du père de La Chaise trahir son propre frère, dans l'espérance d'un petit bénéfice qu'il n'eut point ; et je l'ai vu
130 mourir, non de remords, mais de douleur d'avoir été trompé par le jésuite.

« L'emploi de confesseur, que j'ai longtemps exercé, m'a fait connaître l'intérieur des familles ; je n'en ai guère vu qui ne fussent plongées dans l'amertume, tandis qu'au-dehors, cou-
135 vertes du masque du bonheur, elles paraissaient nager dans la joie ; et j'ai toujours remarqué que les grands chagrins étaient le fruit de notre cupidité[6] effrénée[7].

---

1. Sous l'Ancien Régime, les nobles portent le nom de leur propriété. L'acquisition d'une propriété a permis au jeune libertin de changer d'identité.
2. *Richelieu* (1585-1642) : cardinal et ministre de Louis XIII.
3. *Mazarin* (1602-1661) : cardinal d'origine italienne qui devint le principal ministre de la régente Anne d'Autriche à la mort de Louis XIII.
4. *Bâton d'exempt* : bâton d'officier.
5. *Son Éminence* : ici, le cardinal de Richelieu.
6. *Cupidité* : désir immodéré de l'argent.
7. *Effrénée* : sans limites.

– Pour moi, dit l'Ingénu, je pense qu'une âme noble, reconnaissante et sensible, peut vivre heureuse ; et je compte bien jouir d'une félicité [1] sans mélange avec la belle et généreuse Saint-Yves : car je me flatte, ajouta-t-il, en s'adressant à son frère avec le sourire de l'amitié, que vous ne me refuserez pas, comme l'année passée, et que je m'y prendrai d'une manière plus décente. »

L'abbé se confondit en excuse du passé et en protestations d'un attachement éternel.

L'oncle Kerkabon dit que ce serait le plus beau jour de sa vie. La bonne tante, en s'extasiant et en pleurant de joie, s'écriait : « Je vous l'avais bien dit que vous ne seriez jamais sous-diacre ! ce sacrement-ci vaut mieux que l'autre [2] ; plût à Dieu que j'en eusse été honorée ! mais je vous servirai de mère. » Alors ce fut à qui renchérirait sur les louanges de la tendre Saint-Yves.

Son amant avait le cœur trop plein de ce qu'elle avait fait pour lui, il l'aimait trop pour que l'aventure des diamants eût fait sur son cœur une impression dominante. Mais ces mots qu'il avait trop entendus, vous me donnez la mort, l'effrayaient encore en secret, et corrompaient toute sa joie, tandis que les éloges de sa belle maîtresse augmentaient encore son amour. Enfin on n'était plus occupé que d'elle ; on ne parlait que du bonheur que ces deux amants méritaient ; on s'arrangeait pour vivre tous ensemble dans Paris ; on faisait des projets de fortune et d'agrandissement ; on se livrait à toutes ces espérances que la moindre lueur de félicité fait naître si aisément. Mais l'Ingénu, dans le fond de son cœur, éprouvait un sentiment secret qui repoussait cette illusion. Il relisait ces promesses signées Saint-Pouange, et les brevets signés Louvois ; on lui dépeignit ces deux hommes tels qu'ils étaient, ou qu'on les croyait être. Chacun parla des ministres et du ministère avec cette liberté de table, regardée en France comme la plus précieuse liberté qu'on puisse goûter sur la terre.

---

1. *Félicité* : bonheur.
2. *Ce sacrement-ci vaut mieux que l'autre* : le mariage vaut mieux que l'entrée en religion.

« Si j'étais roi de France, dit l'Ingénu, voici le ministre de la
Guerre que je choisirais[1] : je voudrais un homme de la plus haute
naissance, par la raison qu'il donne des ordres à la noblesse. J'exi-
gerais qu'il eût été lui-même officier, qu'il eût passé par tous les
grades, qu'il fût au moins lieutenant général des armées, et digne
d'être maréchal de France : car n'est-il pas nécessaire qu'il ait servi
lui-même, pour mieux connaître les détails du service ? et les officiers n'obéiront-ils pas avec cent fois plus d'allégresse à un homme
de guerre, qui aura comme eux signalé son courage, qu'à un
homme de cabinet qui ne peut que deviner tout au plus les opéra-
tions d'une campagne, quelque esprit qu'il puisse avoir ? Je ne
serais pas fâché que mon ministre fût généreux, quoique mon
garde du trésor royal[2] en fût quelquefois un peu embarrassé.
J'aimerais qu'il eût un travail facile, et que même il se distinguât
par cette gaieté d'esprit, partage d'un homme supérieur aux
affaires qui plaît tant à la nation, et qui rend tous les devoirs
moins pénibles. » Il désirait qu'un ministre eût ce caractère, parce
qu'il avait toujours remarqué que cette belle humeur[3] est incom-
patible avec la cruauté.

Mons de Louvois n'aurait peut-être pas été satisfait des sou-
haits de l'Ingénu ; il avait une autre sorte de mérite.

Mais pendant qu'on était à table, la maladie de cette fille mal-
heureuse prenait un caractère funeste ; son sang s'était allumé, une
fièvre dévorante s'était déclarée, elle souffrait et ne se plaignait
point, attentive à ne pas troubler la joie des convives.

Son frère, sachant qu'elle ne dormait pas, alla au chevet de
son lit ; il fut surpris de l'état où elle était. Tout le monde accourut ; l'amant se présentait à la suite du frère. Il était, sans doute, le

---

1. Ce portrait idéal peut être celui de Choiseul (1719-1785) – ministre de la
Guerre au moment où Voltaire compose *L'Ingénu*. Il appréciait les philosophes et Voltaire avait une profonde admiration pour cet homme qui obtint
la suppression de l'ordre des jésuites.
2. *Garde du trésor royal* : ministre des Finances.
3. *Humeur* : ici, tempérament.

plus alarmé et le plus attendri de tous ; mais il avait appris à joindre la discrétion à tous les dons heureux que la nature lui avait prodigués, et le sentiment prompt des bienséances commen-
200 çait à dominer dans lui.

On fit venir aussitôt un médecin du voisinage. C'était un de ceux qui visitent leurs malades en courant, qui confondent la maladie qu'ils viennent de voir avec celle qu'ils voient, qui mettent une pratique aveugle dans une science à laquelle toute la maturité
205 d'un discernement sain et réfléchi ne peut ôter son incertitude et ses dangers. Il redoubla le mal par sa précipitation à prescrire un remède alors à la mode. De la mode jusque dans la médecine ! Cette manie était trop commune dans Paris.

La triste Saint-Yves contribuait encore plus que son médecin à
210 rendre sa maladie dangereuse. Son âme tuait son corps. La foule des pensées qui l'agitaient portait dans ses veines un poison plus dangereux que celui de la fièvre la plus brûlante.

Chapitre XX

La belle Saint-Yves meurt,
et ce qui en arrive

On appela un autre médecin : celui-ci, au lieu d'aider la nature et de la laisser agir dans une jeune personne dans qui tous les organes rappelaient la vie, ne fut occupé que de contrecarrer [1] son confrère. La maladie devint mortelle en deux jours. Le cerveau,
5 qu'on croit le siège de l'entendement [2], fut attaqué aussi violemment que le cœur, qui est, dit-on, le siège des passions.

Quelle mécanique incompréhensible a soumis les organes au sentiment et à la pensée ? Comment une seule idée douloureuse

---

1. *Contrecarrer* : s'opposer à.
2. *Entendement* : voir note 3, p. 89.

dérange-t-elle le cours du sang ? Et comment le sang à son tour
10 porte-t-il ses irrégularités dans l'entendement humain ? Quel est ce
fluide inconnu et dont l'existence est certaine, qui, plus prompt,
plus actif que la lumière, vole, en moins d'un clin d'œil, dans tous
les canaux de la vie, produit les sensations, la mémoire, la tristesse
ou la joie, la raison ou le vertige, rappelle avec horreur ce qu'on
15 voudrait oublier, et fait d'un animal pensant ou un objet d'admiration, ou un sujet de pitié et de larmes ?

C'était là ce que disait le bon Gordon ; et cette réflexion si naturelle, que rarement font les hommes, ne dérobait rien[1] à son attendrissement ; car il n'était pas de ces malheureux philosophes qui
20 s'efforcent d'être insensibles. Il était touché du sort de cette jeune
fille, comme un père qui voit mourir lentement son enfant chéri.
L'abbé de Saint-Yves était désespéré, le prieur et sa sœur répan-
daient des ruisseaux de larmes. Mais qui pourrait peindre l'état
de son amant ? Nulle langue n'a des expressions qui répondent[2] à
25 ce comble des douleurs ; les langues sont trop imparfaites.

La tante, presque sans vie, tenait la tête de la mourante dans
ses faibles bras ; son frère était à genoux au pied du lit ; son amant
pressait sa main, qu'il baignait de pleurs, et éclatait en sanglots :
il la nommait sa bienfaitrice, son espérance, sa vie, la moitié de
30 lui-même, sa maîtresse, son épouse. À ce mot d'épouse elle soupira, le regarda avec une tendresse inexprimable, et soudain jeta
un cri d'horreur ; puis, dans un de ces intervalles où l'accable-
ment, et l'oppression[3] des sens, et les souffrances suspendues[4],
laissent à l'âme sa liberté et sa force, elle s'écria : « Moi, votre
35 épouse ! Ah ! cher amant, ce nom, ce bonheur, ce prix n'étaient
plus faits pour moi ; je meurs, et je me mérite. Ô dieu de mon
cœur ! Ô vous que j'ai sacrifié à des démons infernaux, c'en est
fait, je suis punie, vivez heureux. » Ces paroles tendres et terribles

---

1. **Ne dérobait rien** : ne retirait rien.
2. **Répondent** : traduisent.
3. **Oppression** : tourment.
4. **Suspendues** : interrompues.

ne pouvaient être comprises ; mais elles portaient dans tous les
40 cœurs l'effroi et l'attendrissement ; elle eut le courage de s'expliquer. Chaque mot fit frémir d'étonnement, de douleur et de pitié,
tous les assistants. Tous se réunissaient à détester l'homme puissant qui n'avait réparé une horrible injustice que par un crime, et
qui avait forcé la plus respectable innocence à être sa complice.

45 « Qui ? vous coupable ! lui dit son amant ; non, vous ne l'êtes
pas ; le crime ne peut être que dans le cœur, le vôtre est à la vertu
et à moi. »

Il confirmait ce sentiment par des paroles qui semblaient ramener à la vie la belle Saint-Yves. Elle se sentit consolée, et s'étonnait
50 d'être aimée encore. Le vieux Gordon l'aurait condamnée dans le
temps qu'il n'était que janséniste ; mais, étant devenu sage, il l'esti-
mait, et il pleurait.

Au milieu de tant de larmes et de craintes, pendant que le
danger de cette fille si chère remplissait tous les cœurs, que tout[1]
55 était consterné, on annonce un courrier de la cour. Un courrier ! et
de qui ? et pourquoi ? C'était de la part du confesseur du roi pour
le prieur de la Montagne ; ce n'était pas le père de La Chaise qui
écrivait, c'était le frère Vadbled[2], son valet de chambre, homme
très important dans ce temps-là, lui qui mandait aux archevêques
60 les volontés du révérend père, lui qui donnait audience, lui qui
promettait des bénéfices, lui qui faisait quelquefois expédier des
lettres de cachet. Il écrivait à l'abbé de la Montagne que « Sa
Révérence était informée des aventures de son neveu, que sa prison n'était qu'une méprise, que ces petites disgrâces[3] arrivaient
65 fréquemment, qu'il ne fallait pas y faire attention, et qu'enfin il
convenait que lui prieur vînt lui présenter son neveu le lendemain,
qu'il devait amener avec lui le bonhomme Gordon, que lui frère

---

1. *Tout* : tout le monde.
2. *Le frère Vadbled* : jésuite de l'entourage du père de La Chaise. Dans la
réalité, un certain Vatebled a effectivement été son auxiliaire.
3. *Disgrâces* : dysfonctionnements.

Vadbled les introduirait chez Sa Révérence et chez mons de Louvois, lequel leur dirait un mot dans son antichambre. »

70 Il ajoutait que l'histoire de l'Ingénu et son combat contre les Anglais avaient été contés au roi, que sûrement le roi daignerait le remarquer quand il passerait dans la galerie[1], et peut-être même lui ferait un signe de tête. La lettre finissait par l'espérance dont on le flattait, que toutes les dames de la cour s'empresseraient de

75 faire venir son neveu à leur toilette[2], que plusieurs d'entre elles lui diraient : « Bonjour, monsieur l'Ingénu » ; et qu'assurément il serait question de lui au souper du roi. La lettre était signée : « Votre affectionné Vadbled, frère jésuite. »

Le prieur ayant lu la lettre tout haut, son neveu furieux, et

80 commandant un moment à sa colère, ne dit rien au porteur ; mais se tournant vers le compagnon de ses infortunes, il lui demanda ce qu'il pensait de ce style[3]. Gordon lui répondit : « C'est donc ainsi qu'on traite les hommes comme des singes ! On les bat et on les fait danser. » L'Ingénu, reprenant son carac-

85 tère, qui revient toujours dans les grands mouvements de l'âme, déchira la lettre par morceaux, et les jeta au nez du courrier : « Voilà ma réponse. » Son oncle, épouvanté, crut voir le tonnerre et vingt lettres de cachet tomber sur lui. Il alla vite écrire et excuser, comme il put, ce qu'il prenait pour l'emportement d'un

90 jeune homme, et qui était la saillie[4] d'une grande âme.

Mais des soins plus douloureux s'emparaient de tous les cœurs. La belle et infortunée Saint-Yves sentait déjà sa fin approcher ; elle était dans le calme, mais dans ce calme affreux de la nature affais-sée[5] qui n'a plus la force de combattre. « Ô mon cher amant ! dit-

---

1. *La galerie* : il s'agit de la galerie des Glaces, dans le palais de Versailles. Le roi la traversait chaque jour. Les courtisans, qui formaient une haie sur son passage, pouvaient alors lui remettre leurs doléances sous la forme de placets.
2. *À leur toilette* : lorsqu'elles se préparent, c'est-à-dire dans leur cabinet privé.
3. *Ce style* : cette manière de concevoir les choses.
4. *Saillie* : marque.
5. *Affaissée* : affaiblie.

elle d'une voix tombante, la mort me punit de ma faiblesse ; mais
j'expire avec la consolation de vous savoir libre. Je vous ai adoré en
vous trahissant, et je vous adore en vous disant un éternel adieu. »

Elle ne se parait pas d'une vaine fermeté ; elle ne concevait
pas cette misérable gloire de faire dire à quelques voisins : « Elle
100 est morte avec courage. » Qui peut perdre à vingt ans son amant,
sa vie, et ce qu'on appelle l'*honneur*, sans regrets et sans déchire-
ments ? Elle sentait toute l'horreur de son état [1], et le faisait sentir
par ces mots et par ces regards mourants qui parlent avec tant
d'empire. Enfin elle pleurait comme les autres dans les moments
105 où elle eut la force de pleurer.

Que d'autres cherchent à louer les morts fastueuses [2] de ceux
qui entrent dans la destruction avec insensibilité [3] : c'est le sort de
tous les animaux. Nous ne mourons comme eux avec indifférence
que quand l'âge ou la maladie nous rend semblables à eux par la
110 stupidité [4] de nos organes. Quiconque fait une grande perte a de
grands regrets ; s'il les étouffe, c'est qu'il porte la vanité jusque
dans les bras de la mort.

Lorsque le moment fatal fut arrivé, tous les assistants jetèrent
des larmes et des cris. L'Ingénu perdit l'usage de ses sens. Les âmes
115 fortes ont des sentiments bien plus violents que les autres quand
elles sont tendres. Le bon Gordon le connaissait assez pour
craindre qu'étant revenu à lui il ne se donnât la mort. On écarta
toutes les armes ; le malheureux jeune homme s'en aperçut ; il dit à
ses parents et à Gordon, sans pleurer, sans gémir, sans s'émou-
120 voir : « Pensez-vous donc qu'il y ait quelqu'un sur la terre qui ait le
droit et le pouvoir de m'empêcher de finir ma vie ? » Gordon se
garda bien de lui étaler ces lieux communs fastidieux par lesquels
on essaye de prouver qu'il n'est pas permis d'user de sa liberté pour

---

1. *Son état* : sa situation.
2. *Fastueuses* : glorieuses.
3. Voltaire fait ici allusion à la mort de Julie (voir dossier, p. 139), l'héroïne de
La Nouvelle Héloïse de Jean-Jacques Rousseau, roman qu'il appréciait peu.
4. *Stupidité* : faiblesse.

cesser d'être quand on est horriblement mal, qu'il ne faut pas sortir
125 de sa maison quand on ne peut plus y demeurer, que l'homme est
sur la terre comme un soldat à son poste : comme s'il importait à
l'Être des êtres[1] que l'assemblage de quelques parties de matière
fût dans un lieu ou dans un autre ; raisons impuissantes qu'un
désespoir ferme et réfléchi dédaigne d'écouter, et auxquelles
130 Caton[2] ne répondit que par un coup de poignard.

Le morne et terrible silence de l'Ingénu, ses yeux sombres, ses
lèvres tremblantes, les frémissements de son corps, portaient dans
l'âme de tous ceux qui le regardaient ce mélange de compassion
et d'effroi qui enchaîne toutes les puissances de l'âme, qui exclut
135 tout discours, et qui ne se manifeste que par des mots entre-
coupés. L'hôtesse et sa famille étaient accourues ; on tremblait de
son désespoir, on le gardait à vue[3], on observait tous ses mouvements. Déjà le corps glacé de la belle Saint-Yves avait été porté
dans une salle basse[4], loin des yeux de son amant, qui semblait la
140 chercher encore, quoiqu'il ne fût plus en état de rien voir.

Au milieu de ce spectacle de la mort, tandis que le corps est
exposé à la porte de la maison[5], que deux prêtres à côté d'un
bénitier récitent des prières d'un air distrait, que des passants
jettent quelques gouttes d'eau bénite sur la bière[6] par oisiveté,
145 que d'autres poursuivent leur chemin avec indifférence, que les
parents pleurent, et qu'un amant est prêt de s'arracher la vie, le
Saint-Pouange arrive avec l'amie de Versailles.

Son goût passager[7], n'ayant été satisfait qu'une fois, était
devenu de l'amour. Le refus de ses bienfaits l'avait piqué. Le père

---

1. *L'Être des êtres* : périphrase désignant Dieu.
2. *Caton* (93-46 av. J.-C.) : stoïcien attaché à la liberté républicaine, il s'est poignardé lorsque César triompha de Pompée. Voltaire lui a consacré un article de son *Dictionnaire philosophique*.
3. *On le gardait à vue* : on le surveillait.
4. *Une salle basse* : une salle du rez-de-chaussée.
5. L'usage consistait à exposer le cercueil au regard des passants.
6. *Bière* : cercueil.
7. *Son goût passager* : son attirance momentanée.

150 de La Chaise n'aurait jamais pensé à venir dans cette maison ; mais
Saint-Pouange ayant tous les jours devant les yeux l'image de la
belle Saint-Yves, brûlant d'assouvir une passion qui par une seule
jouissance avait enfoncé dans son cœur l'aiguillon des désirs, ne
balança pas [1] à venir lui-même chercher celle qu'il n'aurait pas
155 peut-être voulu revoir trois fois si elle était venue d'elle-même.

Il descend de carrosse ; le premier objet qui se présente à lui est
une bière ; il détourne les yeux avec ce simple dégoût d'un homme
nourri dans les plaisirs, qui pense qu'on doit lui épargner tout
spectacle qui pourrait le ramener à la contemplation de la misère
160 humaine. Il veut monter. La femme de Versailles demande par
curiosité qui on va enterrer ; on prononce le nom de Mlle de
Saint-Yves. À ce nom, elle pâlit et poussa un cri affreux ; Saint-
Pouange se retourne ; la surprise et la douleur remplissent son
âme. Le bon Gordon était là, les yeux remplis de larmes. Il inter-
165 rompt ses tristes prières pour apprendre à l'homme de cour toute
cette horrible catastrophe. Il lui parle avec cet empire que donnent
la douleur et la vertu. Saint-Pouange n'était point né méchant ; le
torrent des affaires et des amusements avait emporté son âme, qui
ne se connaissait pas encore. Il ne touchait point à la vieillesse, qui
170 endurcit d'ordinaire le cœur des ministres [2] ; il écoutait Gordon,
les yeux baissés, et il en essuyait quelques pleurs qu'il était étonné
de répandre : il connut le repentir.

« Je veux voir absolument, dit-il, cet homme extraordinaire dont
vous m'avez parlé ; il m'attendrit presque autant que cette innocente
175 victime dont j'ai causé la mort. » Gordon le suit jusqu'à la chambre
où le prieur, la Kerkabon, l'abbé de Saint-Yves, et quelques voisins,
rappelaient à la vie le jeune homme retombé en défaillance.

« J'ai fait votre malheur, lui dit le sous-ministre, j'emploierai
ma vie à le réparer. » La première idée qui vint à l'Ingénu fut de le
180 tuer, et de se tuer lui-même après. Rien n'était plus à sa place [3] ;

---

1. *Ne balança pas* : n'hésita pas.
2. *Ministres* : ici, représentants de l'Église.
3. *Plus à sa place* : plus approprié.

■ *L'Ingénu au chevet de la belle Saint-Yves*, gravure anonyme, 1867.

mais il était sans armes et veillé de près. Saint-Pouange ne se rebuta point[1] des refus accompagnés du reproche, du mépris, et de l'horreur qu'il avait mérités, et qu'on lui prodigua. Le temps adoucit tout. Mons de Louvois vint enfin à bout de[2] faire un
185 excellent officier de l'Ingénu, qui a paru sous un autre nom à Paris et dans les armées[3], avec l'approbation de tous les honnêtes gens, et qui a été à la fois un guerrier et un philosophe intrépide.

Il ne parlait jamais de cette aventure sans gémir ; et cependant sa consolation était d'en parler. Il chérit la mémoire de la tendre
190 Saint-Yves jusqu'au dernier moment de sa vie. L'abbé de Saint-Yves et le prieur eurent chacun un bon bénéfice ; la bonne Kerkabon aima mieux voir son neveu dans les honneurs militaires que dans le sous-diaconat. La dévote de Versailles garda les boucles de diamants, et reçut encore un beau présent. Le père
195 Tout-à-tous eut des boîtes de chocolat, de café, de sucre candi, de citrons confits, avec les *Méditations du révérend père Croiset*, et *La Fleur des saints*[4], reliées en maroquin. Le bon Gordon vécut avec l'Ingénu jusqu'à sa mort dans la plus intime amitié ; il eut un bénéfice aussi, et oublia pour jamais la grâce efficace et le
200 concours concomitant[5]. Il prit pour sa devise : *Malheur est bon à quelque chose*. Combien d'honnêtes gens dans le monde ont pu dire : *Malheur n'est bon à rien* !

---

1. *Ne se rebuta point* : ne se troubla pas.
2. *Vint enfin à bout de* : réussit enfin à.
3. Cette proposition tend à indiquer que l'Ingénu a abandonné son nom de baptême pour un nom qui n'est pas communiqué. L'anonymat permet au romancier d'entretenir l'illusion.
4. *Méditations du révérend père Croiset*, *La Fleur des saints* : il s'agit de deux ouvrages écrits respectivement par les jésuites Jean Croiset (1656-1738) et Pierre Ribadaneira (1599-1610).
5. *Concours concomitant* : grâce donnée aux hommes par Dieu pour leur permettre de se soustraire au péché, selon la doctrine janséniste.

DOSSIER

L'Ingénu en Basse-Bretagne (chapitres I à VII)

Au fil du texte...

1. Analysez le titre et le sous-titre de l'œuvre. Quel est le sens de la mention « histoire véritable ». Pour quelles raisons Voltaire attribue-t-il cette histoire au père Quesnel ?
2. De quelle manière le conte s'ouvre-t-il ? Quels éléments Voltaire convoque-t-il ? Cette amorce est-elle traditionnelle ? Quelle est sa fonction ?
3. Comment l'abbé de Kerkabon et sa sœur sont-ils décrits ? Quelles sont les intentions de Voltaire ?
4. Qu'annoncent pour la suite du récit les propos qu'échangent l'abbé et sa sœur ? De quel type de romans cette scène larmoyante est-elle caractéristique ?
5. Comment le portrait de l'Ingénu est-il construit ? Quel effet produit le jeune homme sur l'abbé et sa sœur ?
6. Dans quelles circonstances l'Ingénu est-il reconnu ? En quoi cette scène constitue-t-elle une parodie des scènes de reconnaissance ? Quel procédé l'auteur utilise-t-il tout particulièrement ? Relevez les marques de l'ironie voltairienne.
7. Montrez en quoi la réception de l'Ingénu par la petite société du canton permet à Voltaire de passer au crible les mœurs, les travers et les ridicules provinciaux ? De quoi les convives parlent-ils durant le souper ?
8. Comment sont décrits les sentiments que l'Ingénu et Mlle de Saint-Yves commencent à éprouver l'un pour l'autre ? De quelle manière se manifestent-ils ?
9. Comment le baptême de l'Ingénu se prépare-t-il ? Quelles sont les interrogations qui préoccupent les membres de la petite compagnie ? Quels éléments viennent confirmer les sentiments qu'éprouvent l'Ingénu et Mlle de Saint-Yves l'un pour l'autre ?
10. Quelles qualités décèle-t-on très tôt chez l'Ingénu ? À quoi sont-elles attribuées ? Comment l'éducation de l'Ingénu se déroule-t-elle ? Quels événements inattendus vont provoquer sa conversion ? Montrez en quoi ils participent de la satire des pratiques religieuses à laquelle se livre Voltaire.

11. Quels éléments confirment l'idylle qui naît entre l'Ingénu et Mlle de Saint-Yves ? Quel nom de baptême donne-t-on à l'Ingénu ? Quelle légende évoque-t-on ? Quelle est sa fonction dans l'économie du chapitre ? Quel élément déclenche la colère de l'Ingénu ? À quelle logique obéit le jeune homme et qu'en déduit-il ?
12. En quoi consiste le mariage chez les Hurons ?
13. En quoi consiste la défense de la loi naturelle ? Quels arguments l'abbé oppose-t-il à ceux de l'Ingénu ? Qu'est-ce qui provoque la colère de l'Ingénu ? En quoi la scène constitue-t-elle une parodie de roman sentimental ?
14. Quel événement vient dissiper les sombres pensées qui agitent l'Ingénu ? En quoi le récit ressortit-il au roman d'aventures ? Relevez les motifs du registre épique (guerre, héroïsme, voyage...). Pourquoi peut-on parler d'une parodie de registre épique ?
15. Montrez que le voyage de l'Ingénu à Versailles est traité de façon expéditive. Que peut attendre le lecteur de ce voyage ?

À vos plumes !

« [Mlle de Kerkabon et Mlle de Saint-Yves] jetèrent un grand cri et se détournèrent. Mais, la curiosité l'emportant bientôt sur toute autre considération, elles se coulèrent doucement entre les roseaux ; et quand elles furent bien sûres de n'être point vues, elles voulurent voir de quoi il s'agissait » (p. 48).

En adoptant le point de vue de Mlle de Saint-Yves, et en une trentaine de lignes, brossez un portrait de l'Ingénu.

Pistes de recherche

Retracez l'histoire des explorations françaises en Amérique du Nord. Quand ont-elles été menées ? Par qui ? Quelles relations les équipages français ont-ils nouées avec les autochtones ? Dans les chapitres I à VII, quels sont les éléments qui renvoient à ces explorations ? Quels sont ceux qui renvoient à des événements postérieurs, presque contemporains de la rédaction de L'Ingénu ?

Vous présenterez le résultat de vos recherches sous la forme d'un exposé oral d'une vingtaine de minutes. Vous pourrez utiliser une frise chronologique, une carte et des documents iconographiques.

Texte d'accompagnement

À plusieurs reprises, le Huron s'étonne que ses hôtes ne respectent pas les saintes Écritures et s'en offusque. Dans les *Lettres persanes* de Montesquieu, publiées en 1721, qui donnent à lire la correspondance fictive de deux Persans partis à la découverte de l'Europe et consignant leurs impressions, Usbek, l'un des épistoliers, s'interrogeait déjà sur les mœurs, pratiques et coutumes religieuses des chrétiens.

Lettre XXXV
Usbek à Gemchid, son cousin,
dervis [1] du brillant monastère de Tauris [2]

Que penses-tu des chrétiens, sublime dervis ? Crois-tu qu'au jour du Jugement ils seront comme les infidèles Turcs, qui serviront d'ânes aux Juifs, et les mèneront au grand trot en enfer ? Je sais bien qu'ils n'iront point dans le séjour des prophètes, et que le grand Hali [3] n'est point venu pour eux. Mais, parce qu'ils n'ont pas été assez heureux pour trouver des mosquées dans leur pays, crois-tu qu'ils soient condamnés à des châtiments éternels, et que Dieu les punisse pour n'avoir pas pratiqué une religion qu'il ne leur a pas fait connaître ? Je puis te le dire : j'ai souvent examiné ces chrétiens ; je les ai interrogés pour voir s'ils avaient quelque idée du grand Hali, qui était le plus beau de tous les hommes. J'ai trouvé qu'ils n'en avaient jamais ouï parler.

Ils ne ressemblent point à ces infidèles que nos saints prophètes faisaient passer au fil de l'épée, parce qu'ils refusaient de croire aux miracles du ciel : ils sont plutôt comme ces malheureux qui vivaient dans les ténèbres de l'idolâtrie, avant que la divine lumière vînt éclairer le visage de notre grand Prophète.

D'ailleurs, si l'on examine de près leur religion, on y trouvera comme une semence de nos dogmes [4]. J'ai souvent admiré les secrets

---

1. *Dervis* : membre d'une confrérie mystique musulmane.
2. *Tauris* : aujourd'hui Tabriz, dans l'Azerbaïdjan iranien.
3. *Hali* : nom par lequel on désigne le gendre et successeur de Mahomet.
4. *Dogmes* : croyances, opinions ou principes considérés comme des vérités incontestables.

de la Providence, qui semble les avoir voulu préparer par là à la conversion générale. J'ai ouï parler d'un livre de leurs docteurs, intitulé *La Polygamie triomphante*[1], dans lequel il est prouvé que la polygamie est ordonnée aux chrétiens. Leur baptême est l'image de nos ablutions[2] légales, et les chrétiens n'errent[3] que dans l'efficacité qu'ils donnent à cette première ablution, qu'ils croient devoir suffire pour toutes les autres. Leurs prêtres et leurs moines prient, comme nous, sept fois le jour. Ils espèrent de jouir d'un paradis, où ils goûteront mille délices, par le moyen de la résurrection des corps. Ils ont, comme nous, des jeûnes marqués, des mortifications[4] avec lesquelles ils espèrent fléchir la miséricorde divine[5]. Ils rendent un culte aux bons anges, et se méfient des mauvais. Ils ont une sainte crédulité pour les miracles que Dieu opère par le ministère de ses serviteurs. Ils reconnaissent, comme nous, l'insuffisance de leurs mérites et le besoin qu'ils ont d'un intercesseur auprès de Dieu. Je vois partout le mahométisme, quoique je n'y trouve point Mahomet. On a beau faire, la vérité s'échappe et perce toujours les ténèbres qui l'environnent. Il viendra un jour où l'Éternel ne verra sur la terre que des vrais croyants : le temps, qui consume tout, détruira les erreurs même ; tous les hommes seront étonnés de se voir sous le même étendard : tout, jusques à la loi, sera consommé ; les divins exemplaires seront enlevés de la terre et portés dans les célestes archives.

De Paris, le 20 de la lune de Zilhagé 1713.

Lettres persanes, éd. Laurent Versini,
GF-Flammarion, 1995, p. 92-94.

---

1. *La Polygamie triomphante* : il s'agit de la *Polygamia triumphatrix*, publiée par le protestant Johann Leyser en 1682.
2. *Ablutions* : rites de purification.
3. *N'errent* : ne se trompent.
4. *Mortifications* : souffrances que l'on s'impose en vue de se préserver de la tentation ou de racheter ses péchés.
5. *Miséricorde divine* : pardon divin.

Quel regard Usbek porte-t-il sur les chrétiens, sur leurs croyances et sur leurs pratiques ? En quoi ce regard est-il proche de celui de l'Ingénu ? En quoi est-il différent ?

L'Ingénu à Paris
(chapitres VIII et IX)

Au fil du texte...

1. Où l'action se transporte-t-elle ? Quelle est la fonction de cette halte et de ce souper avec les huguenots ?

2. Qui désigne le pronom « on » dans l'expression : « C'est qu'on veut que nous reconnaissions le pape » ? Qui désigne-t-il dans la suite du chapitre VIII ? Qui les protestants rendent-ils responsables de leurs malheurs ?

3. Comment et par qui est exprimée la critique de la politique de Louis XIV en matière sociale et religieuse ? Quel type de discours Voltaire utilise-t-il ? Quel est le ton du passage ? Quel est l'effet produit ?

4. Quelles fâcheuses conséquences cette politique a-t-elle pour le royaume ? De quelle manière la responsabilité de Louis XIV est-elle présentée ? Montrez en quoi la critique de Louis XIV à laquelle se livre Voltaire est particulièrement subtile.

5. Selon les huguenots, quels sont ceux qui ont trompé le roi et qui continuent de le tromper ? Quel souhait formule le pasteur protestant ? À quels événements historiques contemporains de la rédaction de *L'Ingénu* renvoie-t-il ?

6. Comment l'Ingénu réagit-il aux propos échangés au cours du souper ? En quoi les mots sur lesquels il laisse les huguenots sont-ils déconcertants ? De quelle manière Voltaire relance-t-il l'intrigue à la fin du chapitre VIII ?

7. Comment s'exprime la satire des « usages de la cour » ? En quoi le début du chapitre IX est-il comique ? Quelles réflexions sa découverte des « usages de la cour » inspire-t-elle à l'Ingénu ?

8. Quelles pièces sont à l'origine de l'arrestation de l'Ingénu ? Quelle pratique Voltaire dénonce-t-il ? Quel procédé permet de conférer un plus grand poids à sa dénonciation ?

9. Comment l'arrestation est-elle orchestrée ? Analysez la progression du passage. Montrez sur quelle opposition de registres Voltaire a élaboré ce chapitre et précisez quel est l'effet produit.

10. Avec qui l'Ingénu est-il enfermé ? Après avoir lu les titres des chapitres X, XI et XII, dites quelles orientations la présence de ce personnage va favoriser sur le plan narratif.

À vos plumes !

« Alors un petit homme noir prit la parole, et exposa très savamment les griefs de la compagnie. Il parla de la révocation de l'édit de Nantes avec tant d'énergie, il déplora d'une manière si pathétique le sort de cinquante mille familles fugitives et de cinquante mille autres converties par les dragons, que l'Ingénu à son tour versa des larmes » (p. 64). En une trentaine de lignes, imaginez le discours que tient le pasteur.

Pistes de recherche

« Le jugement de Calas n'a fait souffrir qu'une famille, écrit Voltaire au pasteur Joseph Vernes ; mais la dragonnade de M. de Louvois a fait le malheur du siècle » (septembre 1766). Effectuez des recherches sur l'édit de Nantes, sur sa révocation, sur les conséquences de cette révocation, ainsi que sur les différentes affaires politiques et judiciaires auxquelles s'est intéressé Voltaire. Montrez que, en dénonçant, avec la révocation de l'édit de Nantes et les dragonnades, l'intolérance religieuse du pouvoir dans les années 1690, Voltaire condamne la politique menée par le roi (relayé par ses ministres et par les jésuites) à l'égard des protestants dans les années 1760. Vous pourrez présenter le fruit de vos recherches sous la forme d'un tableau.

Texte d'accompagnement

Voltaire fait paraître son *Essai sur les mœurs* chez Cramer à Genève en 1756. Dans *Le Siècle de Louis XIV*, qui en forme la dernière partie, il consacre à la cause des huguenots un assez long chapitre dans lequel il déplore l'exode massif que la révocation de l'édit de Nantes et les dragonnades entraînèrent et qu'une politique résolument différente aurait évité.

Le vieux chancelier Le Tellier, en signant l'édit [1], s'écria plein de joie : *Nunc dimittis servum tuum, Domine... quia viderunt oculi mei salutare tuum* [2]. Il ne savait pas qu'il signait un des grands malheurs de la France. Louvois, son fils, se trompait encore en croyant qu'il suffirait d'un ordre de sa main pour garder toutes les frontières et toutes les côtes contre ceux qui se faisaient un devoir de la fuite. L'industrie occupée à tromper la loi est toujours plus forte que l'autorité. Il suffisait de quelques gardes gagnés pour favoriser la foule des réfugiés. Près de cinquante mille familles, en trois ans de temps, sortirent du royaume, et furent après suivies par d'autres. Elles allèrent porter chez les étrangers les arts, les manufactures, la richesse. Presque tout le nord de l'Allemagne, pays encore agreste et dénué d'industrie, reçut une nouvelle face de ces multitudes transplantées. Elles peuplèrent des villes entières. Les étoffes, les galons, les chapeaux, les bas, qu'on achetait auparavant de la France, furent fabriqués par eux. Un faubourg entier de Londres fut peuplé d'ouvriers français en soie ; d'autres y portèrent l'art de donner la perfection aux cristaux, qui fut alors perdu en France. On trouve encore très communément dans l'Allemagne, l'or que les réfugiés y répandirent. Ainsi la France perdit environ cinq cent mille habitants, une quantité prodigieuse d'espèces, et surtout des arts dont ses ennemis s'enrichirent. La Hollande y gagna d'excellents officiers et des soldats. Le prince d'Orange et le duc de Savoie eurent des régiments entiers de réfugiés. Ces mêmes souverains de Savoie et de Piémont qui avaient exercé tant de cruautés contre les réformés de leur pays soudoyaient ceux de France ; et ce n'était pas assurément par zèle de religion que le prince d'Orange les enrôlait. Il y en eut qui s'établirent jusque vers le cap de Bonne-Espérance […].

Le Siècle de Louis XIV, Essai sur les mœurs,
Genève, Cramer, 1756.

---

1. *Michel Le Tellier* (1603-1685) : homme politique devenu secrétaire d'État à la Guerre en 1643, il prépara l'œuvre de son fils aîné Louvois, auquel il laissa son secrétariat pour devenir chancelier en 1677. Il fut l'un des grands artisans de la révocation de l'édit de Nantes.

2. « Maintenant, Souverain Maître, tu peux congédier ton serviteur […], car mes yeux ont vu ton salut » (Évangile de Luc, 2, 29-32).

Comment Voltaire stigmatise-t-il la politique menée par le roi (relayé par ses ministres et par les jésuites) à l'égard des huguenots ? Pourquoi le royaume y a-t-il tant perdu ?

L'Ingénu embastillé
(chapitres X à XII)

Au fil du texte...

1. Faites le portrait de Gordon. Comment se comporte-t-il avec l'Ingénu ? Quelles idées défend-il ? De quelle manière complète-t-il la formation de l'Ingénu ? En quoi cette rencontre est-elle caractéristique du roman d'apprentissage ?

2. Comment Gordon interprète-t-il le périple de l'Ingénu des bords du lac Ontario à la Bastille ? Quelles réflexions ses propos inspirent-ils à l'Ingénu ? En quoi consistent-elles en un habile renversement de la logique qui sous-tend l'argumentation de Gordon ?

3. Comment l'Ingénu vit-il sa séparation d'avec Mlle de Saint-Yves ? Que lui inspire cette séparation ?

4. Quelles idées Gordon essaie-t-il d'inculquer à l'Ingénu en matière de métaphysique, de religion, de philosophie, de morale et d'histoire ? Analysez la construction de ce dialogue argumentatif. Quelle part est dévolue à la narration ? au dialogue ? Quelle fonction Voltaire confère-t-il aux exemples ? aux objections ?

5. Sur quels sujets l'Ingénu parvient-il à mettre Gordon dans l'embarras ? Que révèlent les réponses du janséniste ? Quelle cible Voltaire cherche-t-il à atteindre à travers ce personnage ?

6. À quel registre le chapitre X appartient-il ? À quel genre renvoie-t-il ?

7. Analysez la manière dont se nouent et évoluent les relations entre les deux captifs. Quelle phrase indique que l'Ingénu s'est en partie converti aux idées du janséniste ?

8. De quelle manière l'Ingénu développe-t-il son génie ? Sous quelle forme ses réflexions sur l'histoire ancienne sont-elles présentées ? Quel regard porte le Huron sur les origines que s'attribuent les nations ? Quelle est la fonction de l'apologue des apédeutes de

Constantinople ? Quelles idées exprimées par l'Ingénu Voltaire défend-il tout particulièrement ?

9. Quelles réflexions la lecture des classiques inspire-t-elle à l'Ingénu sur le plan esthétique ? Qu'en déduit-il sur la nature humaine ? En quoi ces réflexions illustrent-elles les propres goûts de Voltaire ?

À vos plumes !

« On leur apporta à dîner par un guichet. La conversation roula sur la Providence, sur les lettres de cachet, et sur l'art de ne pas succomber aux disgrâces auxquelles tout homme est exposé dans ce monde » (p. 71).

En opposant le bon sens et l'innocence du Huron à la doctrine et aux certitudes du janséniste, et en utilisant les procédés rhétoriques caractéristiques de l'échange philosophique, imaginez les propos des deux personnages sous la forme d'un dialogue d'une quarantaine de lignes.

Pistes de recherche

Effectuez des recherches sur les jésuites et sur les jansénistes. Expliquez brièvement leurs doctrines respectives. Quels sont les principaux événements qui ont jalonné leur histoire ? Quelles sont les principales personnalités qui se sont illustrées chez les premiers comme chez les seconds ? Quel rôle jouent-ils dans les années 1690 ? et dans les années 1760 ? Quel regard Voltaire porte-t-il sur les uns et sur les autres ?

Texte d'accompagnement

C'est à la suite de la condamnation et de l'exécution de Jean Calas (voir chronologie, p. 17) que Voltaire compose en 1762 son *Traité sur la tolérance*. Cette œuvre polémique ne vise pas seulement à réhabiliter Jean Calas. Par-delà cette sombre affaire, Voltaire saisit une nouvelle occasion d'« écraser l'infâme », comme le montre cet extrait d'une lettre à l'ironie féroce attribuée à un bénéficier [1] et adressée au jésuite Le Tellier, qui constitue le chapitre XVII du *Traité*.

---

1. *Bénéficier* : voir note 1, p. 30.

Lettre écrite au jésuite Le Tellier [1], par un bénéficier, le 6 mai 1714

Mon révérend père,

J'obéis à des ordres que Votre Révérence m'a donnés de lui présenter les moyens les plus propres de délivrer Jésus et sa Compagnie [2] de leurs ennemis. Je crois qu'il ne reste plus que cinq cent mille huguenots dans le royaume, quelques-uns disent un million, d'autres quinze cent mille ; mais en quelque nombre qu'ils soient, voici mon avis, que je soumets très humblement au vôtre, comme je le dois.

1. Il est aisé d'attraper en un jour tous les prédicants [3] et de les pendre tous à la fois dans une même place, non seulement pour l'édification [4] publique, mais pour la beauté du spectacle.

2. Je ferais assassiner dans leurs lits tous les pères et mères, parce que si on les tuait dans les rues, cela pourrait causer quelque tumulte ; plusieurs même pourraient se sauver, ce qu'il faut éviter sur toute chose. Cette exécution est un corollaire nécessaire de nos principes : car, s'il faut tuer un hérétique, comme tant de grands théologiens le prouvent, il est évident qu'il faut les tuer tous.

3. Je marierais le lendemain toutes les filles à de bons catholiques, attendu qu'il ne faut pas dépeupler trop l'État après la dernière guerre ; mais à l'égard des garçons de quatorze et quinze ans, déjà imbus de mauvais principes, qu'on ne peut se flatter de détruire, mon opinion est qu'il faut les châtrer tous, afin que cette engeance [5] ne soit jamais reproduite. Pour les autres petits garçons, ils seront élevés

---

1. Ici, il s'agit du père jésuite Michel Le Tellier (1643-1719), confesseur de Louis XIV à la fin de sa vie, après le père de La Chaise. Il incita le roi à prendre des mesures contre les protestants et contre les jansénistes.

2. *Jésus et sa Compagnie* : voir note 1, p. 10.

3. *Prédicants* : ministres du culte protestant dont la fonction essentielle est de prêcher.

4. *Édification* : action qui doit avoir pour effet de porter à la vertu.

5. *Engeance* : catégorie de personnes méprisables ou détestables.

dans vos collèges, et on les fouettera jusqu'à ce qu'ils sachent par cœur les ouvrages de Sánchez [1] et de Molina [2]. [...]

5. L'article des jansénistes paraîtra peut-être un peu plus embarrassant : je les crois au nombre de six millions au moins ; mais un esprit tel que le vôtre ne doit pas s'en effrayer. Je comprends parmi les jansénistes tous les parlements, qui soutiennent si indignement les libertés de l'Église gallicane. C'est à Votre Révérence de peser, avec sa prudence ordinaire, les moyens de vous soumettre tous ces esprits revêches. La conspiration des poudres n'eut pas le succès désiré, parce qu'un des conjurés eut l'indiscrétion de vouloir sauver la vie à son ami ; mais, comme vous n'avez pas d'ami, le même inconvénient n'est point à craindre : il vous sera fort aisé de faire sauter tous les parlements du royaume avec cette invention du moine Schwartz, qu'on appelle *pulvis pyrius* [3]. Je calcule qu'il faut, l'un portant l'autre, trente-six tonneaux de poudre pour chaque parlement, et ainsi, en multipliant douze parlements par trente-six tonneaux, cela ne compose que quatre cent trente-deux tonneaux, qui, à cent écus pièce, font la somme de cent vingt-neuf mille six cents livres : c'est une bagatelle pour le révérend père général.

Les parlements une fois sautés, vous donnerez leurs charges à vos congréganistes [4], qui sont parfaitement instruits des lois du royaume [...].

Traité sur la tolérance, éd. René Pomeau,
GF-Flammarion, 1989, p. 117-118.

En quoi ce texte est-il d'une ironie féroce ? Quel est le dessein poursuivi par Voltaire ?

---

1. *Tomás Sánchez* (1550-1610) : jésuite espagnol, professeur de théologie morale et de droit canonique.
2. *Molina* : voir note 1, p. 107.
3. Il s'agit de la poudre à canon, attribuée à tort au moine allemand Schwartz (v. 1310-1384).
4. *Congréganistes* : compagnies de prêtres, de religieux.

■ Voltaire promettant son appui à la famille Calas, vers 1762. Lithographie de C. de Last d'après Bergeret.

À la recherche de l'Ingénu : Mlle de Saint-Yves à Paris (chapitres XIII à XVIII)

Au fil du texte...

1. Quelle est la fonction du premier paragraphe du chapitre XIII ? Sur quel procédé narratif le chapitre XIII s'ouvre-t-il ? Quels procédés d'écriture Voltaire utilise-t-il pour décrire la détresse dans laquelle se trouvent l'abbé de Kerkabon et Mlle de Saint-Yves ?

2. Dans quelles démarches l'abbé de Kerkabon se lance-t-il pour faire libérer l'Ingénu ? Montrez l'importance des verbes de mouvement.

3. Dans quel état d'esprit Mlle de Saint-Yves est-elle à sa sortie du couvent ? Quelles démarches entreprend-elle pour retrouver l'Ingénu ? Avec quels résultats ? Dans quelles circonstances rocambolesques Mlle de Saint-Yves rejoint-elle Paris ? Analysez son évolution.

4. Quel est l'objet de la satire de Voltaire ? Par quels procédés lui confère-t-il toute sa force ?

5. Par quelle technique la transition est-elle assurée entre les chapitres XIII et XIV ?

6. À quoi les progrès de l'Ingénu sont-ils attribués ? Caractérisez l'évolution psychologique et idéologique de Gordon et de l'Ingénu au fil de leur captivité.

7. Quelles critiques Voltaire adresse-t-il au jansénisme par l'intermédiaire de Gordon ? Sur quel prodige se clôt le chapitre XIV ?

8. Montrez en quoi la description du comportement de Mlle de Saint-Yves et celle de l'évolution de ses sentiments ressortissent au registre pathétique.

9. Quel effet provoque l'entrée de Mlle de Saint-Yves ? Quel accueil le sous-ministre lui réserve-t-il ? En quoi ses propos apparaissent-ils tendancieux ?

10. Comment se déroule l'entrevue entre M. de Saint-Pouange et Mlle de Saint-Yves ? Qu'attend-il d'elle ? Que lui promet-il ? Analysez la progression dramatique du passage.

11. Quelle est la fonction de l'amie dévote de Mlle de Saint-Yves ? En quoi sa conduite et ses propos sont-ils comiques ? Que lui

recommande-t-elle de faire ? Quel sens donnez-vous à l'intervention du père Tout-à-tous ? En quoi est-il d'une ironie féroce ?

12. Que dénonce Voltaire dans ce chapitre ? Quelles sont ses cibles ?

13. Comment le père Tout-à-tous réagit-il aux confidences de Mlle de Saint-Yves ? Étudiez la progression du discours qu'il lui tient. Quelle est la logique de son raisonnement (allusions, procédés d'atténuation et de réserve...) ? Quel exemple convoque-t-il ? Quelle est sa fonction ? Quelle est la finalité de son discours ? Que révèle sa conduite ?

14. À quel dilemme Mlle de Saint-Yves se trouve-t-elle confrontée ? Que lui recommande son amie ? En quoi son raisonnement est-il proche de celui du père Tout-à-tous ? Quelles réflexions cela inspire-t-il à Mlle de Saint-Yves ? Analysez les circonstances dans lesquelles elle finit par « succomber par vertu ».

15. En quoi l'état dans lequel se trouve Mlle de Saint-Yves est-il caractéristique du registre pathétique ? Analysez ses sentiments, ses paroles, son « état d'esprit ».

16. Quels sentiments l'Ingénu éprouve-t-il ? Quelles réflexions lui inspire sa libération ? A-t-il conscience du sacrifice qu'a consenti Mlle de Saint-Yves pour lui ? Dans quelles circonstances Gordon est-il libéré ? Quelles expressions montrent l'empathie du narrateur pour Mlle de Saint-Yves.

À vos plumes !

« La belle Saint-Yves s'adressa à un de ces derniers, qui s'appelait le père Tout-à-tous. Elle se confessa à lui, lui exposa ses aventures, son état, son danger, et le conjura de la loger chez quelque bonne dévote qui la mît à l'abri des tentations » (p. 88).

Imaginez le récit de la belle Saint-Yves au père Tout-à-tous.

Pistes de recherche

Effectuez des recherches sur Louis XIV, Versailles et la cour. Vous montrerez en quoi la monarchie de Louis XIV a été une monarchie absolue, en quoi Versailles a été l'un des symboles forts de cette monarchie et comment la politique menée par le roi à l'égard de ses courtisans lui a permis d'asseoir durablement son pouvoir. Vous pourrez présenter le fruit de vos recherches sous la forme d'un exposé oral d'une quinzaine de minutes.

Texte d'accompagnement

Témoin de trois règnes successifs, Saint-Simon (1675-1755) entreprend de rédiger ses *Mémoires* en 1739. En brossant le portrait de nombre de ses contemporains, en mettant au jour les mécanismes des intrigues ayant rythmé durant des années la vie de la cour, Saint-Simon a été le grand mémorialiste du siècle de Louis XIV. S'il n'a jamais dissimulé l'admiration qu'il vouait au roi, il n'a pas manqué une occasion de dénoncer les dysfonctionnements de sa politique. Louis XIV s'est entouré de ministres entièrement dévoués à sa personne pour mieux régner. Le royaume en a pâti et c'est ce que Saint-Simon déplore dans ces lignes :

[…] ces champignons de nouveaux ministres tirés en un moment de la poussière, et placés au timon [1] de l'État, ignorants également d'affaires et de cour, également enorgueillis et enivrés, incapables de résister, rarement même de se défier de ces sortes de souplesses, et qui ont la fatuité d'attribuer à leur mérite ce qui n'est prostitué qu'à la faveur. […] des hommes qui, tirés de la poussière et tout à coup portés à la plus sûre et la plus suprême puissance, étaient si accoutumés à régner en plein sous le nom du Roi, auquel ils osaient même substituer quelquefois le leur, en usage tranquille et sans contredit de faire et de défaire les fortunes, d'attaquer avec succès les plus hautes, d'être les maîtres des plus patrimoniales de tout le monde, de disposer avec toute autorité du dedans et du dehors de l'État, de dispenser à leur gré toute considération, tout châtiment, toute récompense, de décider de tout hardiment par un *le Roi le veut*, de sécurité entière même à l'égard de leurs confrères, de ce que qui que ce fût n'osait ouvrir la bouche au Roi de rien qui pût regarder leur personne, leur famille, ni leur administration, sous peine d'en devenir aussitôt la victime exemplaire pour quiconque l'eût hasardé, par conséquent en toute liberté de taire, de dire, de tourner toutes choses au Roi comme il leur convenait, en un mot rois d'effet, et presque de représentation […].

Mémoires, éd. Delphine de Garidel,
GF-Flammarion, 2001.

---

1. *Au timon* : ici, à l'avant, aux premières fonctions.

Quels usages décrits par Saint-Simon dans cet extrait de ses *Mémoires* retrouve-t-on dans les chapitres xv à xviii de *L'Ingénu* ?

Le retour de l'Ingénu et la mort de Mlle de Saint-Yves (chapitres XIX et XX)

Au fil du texte...

1. Comment l'entrée en scène de l'Ingénu est-elle préparée ?
2. Comment Mlle de Saint-Yves, son frère l'abbé, le prieur et sa dame l'accueillent-ils ? Analysez la manière avec laquelle le narrateur relate cette scène de retrouvailles.
3. Comment et par qui la transformation de Gordon est mise en évidence ? Montrez en quoi ses propos contiennent une subtile condamnation des jansénistes.
4. Étudiez les comportements et les discours de Mlle de Saint-Yves et de l'Ingénu au début du chapitre xix. Quel effet produit sur eux la survenue de la dévote amie de Versailles ? À quel procédé théâtral cette arrivée renvoie-t-elle ? En quoi annonce-t-elle le dénouement tout en le précipitant ?
5. À quel type de discours Voltaire a-t-il recours pour faire la critique des mouvements religieux et des institutions ? En quoi est-il particulièrement efficace ?
6. Quelle est la fonction des trois anecdotes que relate Gordon ? Quelles réflexions inspirent-elles à l'Ingénu ?
7. Selon l'Ingénu, quelles sont les qualités dont devrait faire preuve le ministre de la Guerre ? Quel est le sens de cette digression ? De quel contemporain Voltaire fait-il ici l'éloge ?
8. En quoi la description de la maladie et de l'agonie de Mlle de Saint-Yves ressortit-elle au registre pathétique ? Quelle est la fonction des réflexions que le narrateur formule sur la mort ? En quoi cette scène procède-t-elle de l'esthétique du tableau ?
9. Quel effet la lecture de la lettre du père Vadbled produit-elle sur l'assistance ? Par quels procédés la satire s'exerce-t-elle dans cet épisode ? Quels usages Voltaire se plaît-il à tourner en dérision ?

10. Comment l'Ingénu réagit-il aux derniers mots de sa bien-aimée ? Quels indices montrent que le narrateur partage les sentiments éprouvés par les personnages ?
11. Pourquoi la conversion de M. de Saint-Pouange est-elle peu crédible ? Quelle est sa fonction ? En quoi le dénouement de ce conte est-il « conforme » au dénouement traditionnel des contes ?
12. Qu'advient-il des différents personnages ? Quelle est la morale de ce conte ? Qui la formule ? Peut-elle s'appliquer à l'Ingénu ?

À vos plumes !

« Il écrivait à l'abbé de la Montagne [...]. La lettre finissait par l'espérance dont on le flattait, que toutes les dames de la cour s'empresseraient de faire venir son neveu à leur toilette, que plusieurs d'entre elles lui diraient : "Bonjour, monsieur l'Ingénu" ; et qu'assurément il serait question de lui au souper du roi. La lettre était signée : "Votre affectionné Vadbled, frère jésuite" » (p. 113-114). Rédigez intégralement la lettre que Vadbled a adressée à l'abbé de Kerkabon.

Pistes de recherche

Effectuez des recherches sur la France du règne de Louis XV. En quoi le régime de ce monarque est-il différent de celui de son prédécesseur sur les plans politique et religieux ? En quoi en est-il encore très proche ? Vous pourrez présenter le fruit de vos recherches à l'aide d'un tableau.

Texte d'accompagnement

C'est en 1761 que Jean-Jacques Rousseau publie sous la forme d'un roman épistolaire, *La Nouvelle Héloïse*, le récit d'une passion très grande mais impossible entre deux jeunes gens, Héloïse et Saint-Preux. Tandis qu'elle est incapable de maîtriser ce manque d'amour qui la fait cruellement souffrir, Julie contracte une maladie en sauvant son fils de la noyade. Consciente qu'elle est chaque jour un peu plus faible, Julie trouve refuge dans la religion. Au seuil de la mort, elle réaffirme son amour pour Saint-Preux et croit plus que jamais en leur union par-delà la mort.

Voyez donc, continuait-elle, à quelle félicité je suis parvenue. J'en avais beaucoup ; j'en attendais davantage. La prospérité de ma famille, une bonne éducation pour mes enfants, tout ce qui m'était cher rassemblé autour de moi ou prêt à l'être. Le présent, l'avenir, me flattaient également [1], la jouissance et l'espoir se réunissaient pour me rendre heureuse. Mon bonheur monté par degrés était au comble ; il ne pouvait plus que déchoir ; il était venu sans être attendu, il se fût enfui quand je l'aurais cru durable. Qu'eût fait le sort pour me soutenir à ce point ? Un état permanent est-il fait pour l'homme ? Non, quand on a tout acquis, il faut perdre, ne fût-ce que le plaisir de la possession qui s'use par elle. Mon père est déjà vieux ; mes enfants sont dans l'âge tendre où la vie est encore mal assurée : que de pertes pouvaient m'affliger, sans qu'il me restât plus rien à pouvoir acquérir ! L'affection maternelle augmente sans cesse, la tendresse filiale diminue, à mesure que les enfants vivent plus loin de leur mère. En avançant en âge, les miens se seraient plus séparés de moi. Ils auraient vécu dans le monde ; ils m'auraient pu négliger. Vous en voulez envoyer un en Russie ; que de pleurs son départ m'aurait coûtés ! Tout se serait détaché de moi peu à peu, et rien n'eût suppléé aux pertes que j'aurais faites. Combien de fois j'aurais pu me trouver dans l'état où je vous laisse. Enfin n'eût-il pas fallu mourir ? Peut-être mourir la dernière de tous ! Peut-être seule et abandonnée. Plus on vit, plus on aime à vivre, même sans jouir de rien : j'aurais eu l'ennui de la vie et la terreur de la mort, suite ordinaire de la vieillesse. Au lieu de cela, mes derniers instants sont encore agréables, et j'ai de la vigueur pour mourir ; si même on peut appeler mourir que laisser vivant ce qu'on aime. Non, mes amis, non, mes enfants, je ne vous quitte pas, pour ainsi dire, je reste avec vous ; en vous laissant tous unis, mon esprit, mon cœur, vous demeurent. Vous me verrez sans cesse entre vous ; vous vous sentirez sans cesse environnés de moi… Et puis nous nous rejoindrons, j'en suis sûre ; le bon Wolmar lui-même ne m'échappera pas [2].

----

1. *Me flattaient également* : m'étaient également agréables, m'étaient tous deux agréables.
2. *Le bon Wolmar lui-même ne m'échappera pas* : M. de Wolmar est pourtant athée.

Mon retour à Dieu tranquillise mon âme et m'adoucit un moment pénible ; il me promet pour vous le même destin qu'à moi. Mon sort me suit et s'assure. Je fus heureuse, je le suis, je vais l'être : mon bonheur est fixé, je l'arrache à la fortune ; il n'a plus de bornes que l'éternité.

La Nouvelle Héloïse, éd. Michel Launay,
GF-Flammarion, 1967, p. 553.

Comment Julie appréhende-t-elle sa mort à venir ? Comparez l'état dans lequel elle est au seuil de sa mort et celui dans lequel se trouve Mlle de Saint-Yves au même moment.

Notes et citations

Notes et citations

Notes et citations

Notes et citations

Les classiques et les contemporains
dans la même collection

Les anthologies dans la même collection

Création maquette intérieure :
Sarbacane Design.

Composition : IGS-CP.
N° d'édition : L.01EHRN000211.C003
Dépôt légal : janvier 2009
Imprimé en Espagne par Novoprint (Barcelone)